KB109811

작
가
의

방

글 **알렉스 존슨**Alex Johnson

영국 저널리스트이자 블로거. 옥스퍼드대학 퀸스칼리지에서 현대사를 전공하고,《선데이타임스》《인디펜던트》등에서 기자와 잡지 편집자로 일했다. 음식, 미술, 음악을 포함한 다양한 주제의 글을 쓰는 프리랜서 작가이며, 무엇보다 책에 관한 책을 쓰는 애서가다. 끝없이 펼쳐진 책의 세계를 탐험하며《북타운Book Town》《책 중의 책A Book of Book Lists》《있을 것 같지 않은 도서관Improbable Libraries》등을 썼다. 책뿐만 아니라 서가 디자인과 오두막 꾸미기에도 진심이다. 그의 이런 관심사를 완벽하게 반영한《작가의 방》은 우리가 오래도록 사랑한 작가들과 작품들이 탄생한 공간에 관한 이야기다. 버지니아 울프의 오두막 집필실에 앉아 보고, 제인 오스틴의 문구함을 열어 보는 이 특별한 여행이 책을 좋아하는 이들과 책을 쓰고 싶은 이들 모두에게 신선한 영감을 불러일으킬 것이다.

그림 **제임스 오시스**James Oses

매력적인 장소를 그리는 것을 전문으로 하는 런던 출신의 일러스트레이터.《뉴요커》《가디언》을 비롯한 다양한 매체, 브랜드, 기관과 협업하고 있다.

ROOMS OF THEIR OWN

Text © 2022 Alex Johnson
Illustrations © 2022 James Oses
First published in 2022
by Frances Lincoln, an imprint of The Quarto Group
Korean-language edition copyright © 2022 by Bookie Publishing House, Inc.
Published by arrangement with Quarto Publishing Plc and Danny Hong Agency.

작가의 방

울프의 오두막, 오스틴의 몽구멍, 하루키의 레코드… 그들의 공간에는 뭔가 특별한 것이 있다

Rooms of
Their Own

글 알렉스 존슨 | 그림 제임스 오시스

옮긴이 이현주

부·키

옮긴이 **이현주**

펜실베이니아주립대학 신문방송학과를 졸업하고 광고 대행사를 거쳐, 글밥아카데미 영어 출판 번역 과정을 수료했다. 현재 전문 번역가로 활동 중이다. 옮긴 책으로《다정함의 과학》《애프터 레인》《건강한 건물》《미라클 모닝 다이어리》《또, 괜찮지 않은 연애를 시작했습니다》《왜 무능한 남자들이 리더가 되는 걸까》《고양이 본능 사전》등이 있다.

작가의 방

초판 1쇄 발행 2022년 10월 6일

글 알렉스 존슨 | **그림** 제임스 오시스
옮긴이 이현주
발행인 박윤우
편집 김동준, 김유진, 김송은, 성한경, 장미숙, 최진우
마케팅 박서연, 이건희, 이영섭
디자인 서혜진, 이세연
저작권 김준수, 백은영, 유은지
경영지원 이지영, 주진호

발행처 부키(주)
출판신고 2012년 9월 27일
주소 서울 서대문구 신촌로3길 15 산성빌딩 5-6층
전화 02-325-0846
팩스 02-3141-4066
이메일 webmaster@bookie.co.kr

ISBN 978-89-6051-945-9 03800

만든 사람들
편집 김유진 | **윤문·교정** 박귀영 | **디자인** 이세연

차례

서문   9

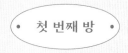

오직 홀로, 영감에 귀 기울이는 곳

흔들리지 않는 책상과 타자기 † 애거사 크리스티   17

자기만의 공간 † 버지니아 울프   23

이사 후에 찾아온 슬럼프 † 제인 오스틴   29

천재성과 혼돈이 공존하는 방 † W. H. 오든   34

깊은 밤, 커피와 글쓰기 † 오노레 드 발자크   39

침대의 매력 † 마르셀 프루스트   44

호텔 방은 나의 은신처 † 마야 안젤루   50

고립된 삶의 한계 † 조지 오웰   53

고독 받아들이기 † 에밀리 디킨슨   59

당구장과 오두막에서 탄생한 모험담 † 마크 트웨인   62

환상적인 별장과 엄격한 루틴 † 이언 플레밍   67

영감을 주는 명언이 새겨진 탑 † 미셸 드 몽테뉴   72

반려동물이 건네는 위안 † 이디스 워튼   77

✱ 누워서 쓰기   49
✱ 작가와 반려동물   82

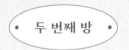

• 두 번째 방 •

추억과 개성이 가득한 공간

추억에 둘러싸여 글을 쓰는 동화 작가 † 로알드 달　　　　87

집필실을 설계하는 즐거움 † 찰스 디킨스　　　　93

서서 일하는 침실 † 어니스트 헤밍웨이　　　　99

신성한 공간 '카시타' † 이사벨 아옌데　　　　104

지하실의 매력 † 레이 브래드버리　　　　111

세상에 오직 하나뿐인 책상 † 대니엘 스틸　　　　114

연인들을 추억하는 공간 † 비타 색빌웨스트　　　　117

사랑하는 존재들이 주는 힘 † 주디스 커　　　　123

재즈 음반으로 가득한 방 † 무라카미 하루키　　　　126

거절 편지는 버릴 수 없지 † 커트 보니것　　　　129

✱ 새해 글쓰기 결심　　　　109
✱ 퇴짜 맞은 명작들　　　　132

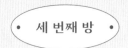

• 세 번째 방 •

온 세상이 나의 집필실

집필실이 왜 필요하죠? † 마거릿 애트우드　　　　137

좋은 카페가 중요한 이유 † J.K. 롤링　　　　142

아이들이 잠든 시간에 쓰기 † 실비아 플라스　　　　145

진정으로 혼자가 되는 밤 † 제임스 볼드윈　　　　151

소와 자동차 † 거트루드 스타인 157

책상으로 변신하는 트렁크 † 아서 코넌 도일 161

온 세상이 책상 † 힐러리 맨틀 166

인터넷 멀리하기 † 제이디 스미스 169

✽ 카페에서 쓰기 156
✽ 하루에 얼마나 쓸까 172

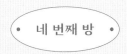

· 네 번째 방 ·

자연이 말을 걸어오는 곳

전망 좋은 침실 † 토머스 하디 177

포기할 수 없는 바다 풍경 † 빅토르 위고 180

정원이 내다보이는 서재 † 안톤 체호프 185

경치 좋은 이끼 오두막 † 윌리엄 워즈워스 190

동화 속 무대 † 비어트릭스 포터 196

웨일스의 절벽 위 작은 방 † 딜런 토머스 200

나무가 주는 위로와 영감 † D. H. 로런스 206

집필실 바깥의 삶 † 잭 런던 211

간소하게 지내기 † E. B. 화이트 216

✽ 작가의 도구 1: 의자 194
✽ 작가의 도구 2: 타자기 219

• 다섯 번째 방 •

자신만의 스타일로 고집스럽게

함께 쓰는 동료의 소중함 † 브론테 자매　　　　　　　　223

감옥에서 뗏목으로 † 시도니 가브리엘 콜레트　　　　　229

서류 봉투는 넉넉히 † 마거릿 미첼　　　　　　　　　　233

완벽한 연필을 향한 열망 † 존 스타인벡　　　　　　　239

취향에 딱 맞는 펜과 잉크 † 러디어드 키플링　　　　　245

적절한 크기의 책상 찾기 † 스티븐 킹　　　　　　　　252

최고의 브랜딩 도구, 집필실 † 조지 버나드 쇼　　　　257

자신만의 글쓰기 언어 † 아스트리드 린드그렌　　　　263

높은 곳에서 내려다보는 기쁨 † 새뮤얼 존슨　　　　　267

건강한 육체에 건강한 정신이 깃든다 † P. G. 우드하우스　　272

＊ 작가의 도구 3: 잉크　　　　　　　　　　　　　　250
＊ 운동과 글쓰기의 관계　　　　　　　　　　　　　　277

방문 정보　　　279

서문

"누구보다도 작가들은 테이블과 의자, 커튼, 카펫 같은 소유물을
자신의 이미지로 만들어 내며, 그곳에 지워지지 않는 정체성을 남긴다."

—버지니아 울프, 〈위인들의 집〉

작가들에게는 저마다 의식ceremony이 있습니다. 어떤 작가는 매일
아침 연필을 한 다스씩 깎고, 또 어떤 작가는 하루 종일 커피를 달고
살죠. 20세기 전반의 미국과 유럽 문화에 큰 영향을 미친 작가 거트
루드 스타인은 유순한 소를 따라다니며 영감을 받았다고 해요.

이런 작가들의 의식 중에서도 특히 중요한 의식이 바로 글을
쓰기 위해 특별한 장소로 가는 일일 거예요. 작가들에게는 혼자
서 조용히 집중할 수 있는 편안한 공간이 정말 필요하니까요. 버지
니아 울프는 이런 자신만의 공간이 얼마나 절실한지 잘 알았기에,
1929년 '자기만의 방'이라는 주제로 강의를 했답니다.

그래서인지 독자들은 작가의 집필 공간에 쉽게 마음을 빼앗기죠. 토머스 하디가《더버빌가의 테스》를 쓴 곳이라든가, J. K. 롤링이 '해리 포터'를 떠올린 곳을 직접 보려고 여행도 마다하지 않을 만큼요. 실제로 문학 순례의 역사는 200년 전까지 거슬러 올라갑니다.

작가들도 다른 작가의 공간을 궁금해했는데요. 1865년, 영국의 계관 시인 앨프리드 테니슨은 독일 바이마르에 있는 괴테의 집을 찾았다가 이 독일인 작가의 "신성한 서재"에 완전히 반해 버렸죠. 핼럼 테니슨은 1897년에 아버지의 전기에서 이런 글을 공개했어요.

이 어두운 방을 가득 채운 경외감과 슬픔을 어떤 말로 표현할 수 있을까. 좁고 긴 서재 한가운데에는 팔을 얹을 수 있는 쿠션이 놓인 테이블과 그가 가끔 앉는 폭신한 의자가 있었지만, 그는 주로 이리저리 서성이며 비서에게 지시하곤 했다. 원고 보관 상자는 한쪽 벽을 3분의 2 높이까지 차지한 책장에 들어 있었다. 지폐 다발처럼 묶어 놓은 명함들도 보였다. 오래전에 괴테가 마신 와인병들에는 마치 서리가 내린 듯한 자국이 남아 있었다. 다른 벽에는 괴테가 신문에서 본 인상적인 것들을 기록한 달력이 걸려 있었다.

테니슨이 발견했듯, 좋아하는 작가가 바라보던 풍경과 그가 앉던 의자, 창작에 도움을 준 그 공간만의 분위기 등 작가의 방에서만 느낄 수 있는 매력이 있습니다. 호기심 많은 독자들은 이 가장 개인적인 공간에서 작가의 인테리어 취향을 엿볼 뿐 아니라 작가가 무엇을 가장 중요하게 여겼을지 상상해 봅니다. 버지니아 울프는 앞서 인용한 에세이 〈위인들의 집〉에서, 집과 방은 사람의 성격에 큰 영향을 미치니 누군가를 자세히 알고 싶다면 전기를 여러 권 읽는 대신 그가 살던 집을 한 시간 둘러보라고 했어요.

작가의 공간을 방문하는 것은 곧 작가의 삶 속으로 들어가는 것입니다. 책장에 꽂힌 책들을 살펴보고, 마치 방금 전까지 앉아서 글을 썼던 듯 작가의 숨결이 느껴지는 책상에 앉아 봅니다. 친구의 집을 둘러보는 것도 흥미진진한데, 제임스 본드가 탄생한 방에 있는 의자에 앉는다면 얼마나 신날까요?

작가의 공간과 그 안에 있는 사물은 비범함을 목격한 증인입니다. 그의 서재를 거닐며 어질러진 책상을 구경하고 삐걱거리는 문을 지나는 사이, 작가가 우리 눈앞에서 살아 움직이기 시작합니다. 우리는 이제 그가 어떤 생각을 했는지, 환경과 습관이 그의 작품에 어떤 영향을 줬는지 알 수 있죠.

조지 버나드 쇼의 자택 정원에 있던 오두막 앞에 섰을 때가 아직도 생생합니다. 거기 있는 것만으로 왠지 그가 쓴 놀라운 이야기 속으로 들어간 것 같았거든요. 해마다 그곳을 방문하는데도 매번 똑같은 기분이 든답니다.

완벽한 글쓰기 공간은 집 말고도 많습니다. 도서관 역시 수 세기 동안 작가들에게 사유하고 연구하는 공간이 되어 주었습니다. 맨체스터 체담도서관Chetham's Library은 1845년에 프리드리히 엥겔스와 카를 마르크스가 함께 작업했던 책상과 알코브*를 여전히 잘 관리하고 있어요. 마르크스의 딸 엘리너는 대영박물관 열람실을 드나들며 《마담 보바리》의 첫 영문 번역본을 완성했죠. 레이 브래드버리가 쓴 《화씨 451》은 실제로 도서관에서 집필된 몇 안 되는 책 중 하나입니다.

어쩌면 우리도 작가들이 누리던 마법의 혜택을 받을 수 있지 않을까요? 뛰어난 작가들 역시 우리가 직면한 여러 문제와 씨름했으니까요. 작가들이 그들만의 공간(D. H. 로런스의 경우에는 나무 아래)에서 찾은 창작 의식들을 배운다면, 우리도 그들처럼 창의력을 발휘할 수 있을지도 몰라요. 아, 프리드리히 실러의 의식은 사양하겠어요. 이 독일 시인은 썩어 가는 사과 냄새를 맡아야만 글을 잘 쓸 수 있다며, 책상 서랍에 늘 썩은 사과를 넣어 뒀답니다.

위대한 작가들이 글을 쓰던 공간에서 어떤 보편적인 진리를 발견할 수는 없을까요? 비록 작가들마다 집필 습관과 조건이 다르지만, 공통점이 세 가지 있더군요.

첫째, 오두막이든 침실이든 도서관이든 차 안이든, 쉽게 방해받지 않을 공간을 확보합니다(E. B. 화이트는 인생이란 원래 혼란스러워 언제든 방해받을 수 있다고 말했지만요). 조너선 프랜즌은 인터넷을 끊었고, 마야 안젤루는 무조건 집을 나와 글쓰기를 위한 '은신처', 그러니까 어딘지 정확하게 밝혀지지 않은 어떤 호텔로 향했습니다.

＊　벽 일부를 오목하게(凹) 들어가게 만들어 놓은 것.

둘째, 활용할 수 있다면 무엇이든 최대한 활용합니다. 19세기 영국 작가 앤서니 트롤럽은 《바체스터 타워Barchester Towers》를 거의 출퇴근길 기차에서 썼어요. 무릎에 올려놓을 수 있는 받침대를 직접 만들어서 들고 다니며 연필로 글을 쓴 건데요. 그는 여느 책상만큼 편하다고 했죠. 집필실이 궁극적인 은신처가 될 수도 있겠지만, 루이자 메이 올컷은 아버지가 그의 침실에 뚝딱 만들어 준 작지만 실용적인 간이 책상에서 《작은 아씨들》을 완성했습니다.

셋째, 어디서든 오전에 씁니다. 아무리 아주 늦은 밤까지 글을 쓰기로 유명하고 '아침형 인간'이라고는 상상할 수 없는 작가들이라도 점심 전에 하루의 작업을 시작합니다.

이 책에 50인의 작가와 그들의 공간에 얽힌 에피소드를 담았습니다. 오랜 세월 작가의 외로운 글쓰기를 지켜본 공간이 들려주는 이야기에 귀를 기울여 보세요.

첫 번째 방

오직 홀로,
영감에 귀기울이는 곳

Rooms of
Their Own

나는 나만의 스타일을 고수하고 나만의 방식대로 계속 써야 한다.
그렇게 해서 다시 성공하지 못할 수도 있지만,
그렇게 하지 않으면 반드시 실패한다고 확신하니까.

제인 오스틴

당신이 쓰고 싶은 것을 쓰는 것, 중요한 것은 오직 그뿐이다.
그것이 오랫동안 가치 있을지,
아니면 몇 시간 만에 사라질지는 아무도 모른다.

버지니아 울프

흔들리지 않는
책상과 타자기

애거사 크리스티
Agatha Christie(1890~1976)

♀ 옥스퍼드셔주 월링퍼드와 런던의 자택을 비롯한
   여러 곳(영국 등)

세계에서 가장 인기 있는 탐정 소설 작가이자 수많은 베스트셀러를 낳은 이 소설가는 글을 잘 쓰기 위해 특별한 집필 공간을 마련한 적이 없다고 해요. 1977년에 쓴《애거사 크리스티 자서전》에서 "내게 필요한 건 흔들리지 않는 책상과 타자기뿐"이라고 밝혔죠.

멋진 말이지만, 전적으로 사실은 아니에요. 런던 집들에도, 일생의 절반을 보낸 월링퍼드 자택에도, 마음껏 펜을 휘두르고 타자기를 칠 수 있는 집필실이 있었거든요. 1937년 단편〈뮤스가의 살인〉을 쓰는 데 영감을 불어넣어 준 런던 크레스웰플레이스Cresswell Place의 뮤즈mews*를 개조할 때는 집필실을 확보하려고 조금 무리해 중간층을 만들기까지 했죠.

작가의 방

1934년부터 1941년까지, 두 번째 남편인 고고학자 맥스 맬로원과 살았던 런던 셰필드테라스Sheffield Terrace 58번지에서도 글 쓰는 방을 꾸몄습니다. 이곳에서 크리스티는《나일강의 죽음》《메소포타미아의 살인》, 그리고《오리엔트 특급 살인》의 일부를 썼죠(이스탄불에 있는 페라팰리스호텔Pera Palace Hotel 411호에서 소설 뒷부분을 썼다는 사실이 밝혀지면서 이 방은 그를 기리는 성지가 됐습니다).

크리스티는 셰필드테라스에 집필실을 만들면서, 전화기를 비롯해 그 어떤 것도 이곳에 있는 자신을 방해하지 못하길 간절히 바랐습니다. 그 대신 "커다랗고 단단한 테이블"이 돼 줄 스타인웨이 그랜드 피아노와 "타자를 칠 때 앉을 딱딱한 등받이 의자", 편안하게 쉴 수 있는 안락한 소파와 팔걸이의자를 들였죠. 당연히 서재가 따로 없었던 런던 캠든가Camden Street의 작은 집(여기서 미스 마플이 활약하는《목사관의 살인》이 쓰였어요)보다 훨씬 좋았습니다.

크리스티는 집필실뿐 아니라 어디에서나 다음 책을 계획하고 글을 쓸 기회를 찾았는데요. 중동에서 발굴 작업을 하는 남편과 함께 텐트 생활을 하는 동안에도 마찬가지였습니다. 그는 욕조에 몸을 담그거나 사과를 끝도 없이 먹고 있을 때 종종 아이디어가 떠오른다고 했어요. 아마 이럴 때만은 그 누구의 방해도 받지 않았기 때문이 아닐까요? 또 침실에 있는 대리석 화장대나 다이닝룸 식탁처

＊　18~19세기 귀족들이 마차를 관리하기 위해 만든 집. 대개 1층은 마구간, 그 위는 마부와 하인의 숙소로 쓰였다.

크리스티는 어디서나 글을 쓸 수 있었지만, 줄거리를 구상하는 데
가장 이상적인 순간은 욕조에 몸을 담궜을 때였다.

럼 "안정된 테이블"에서 글이 더 잘 써진다고도 말했습니다.

평소에는 시도 때도 없이 솟아오르는 아이디어를 노트에 잘 적
어 두었다가, 1월이 되면 이 방대한 기록을 참고해 새 책을 쓰기 시
작해서 봄에 마무리를 지었어요. 또 집필 생활을 하는 내내 거의 두
권을 동시에 작업했다고 해요. 엄청난 작업량이죠!

크리스티가 작가로 성공하기까지는 마케팅도 한몫했습니다.
1940년대 후반부터 크리스마스 시즌에 책을 출간하면서 "크리스
마스에는 크리스티를Christie for Christmas"이라고 홍보한 거예요.

크리스티는 레밍턴 빅터Remington Victor T라는 타자기를 좋아했
어요. 조수에게 이야기를 받아쓰라고 시켜 보기도 했는데, 과정이
쉽지 않았대요. 그래서 만년에 손목이 부러졌을 때만 딕터폰이라는

구술 축음기를 썼어요.

　크리스티와 관련해 가장 많이 이야기되는 집은 데번주에 있는 그린웨이하우스Greenway House입니다. 푸아로가 등장하는 1956년 작품《죽은 자의 어리석음》에서 사건의 중심 무대가 되기도 했죠. 그러나 그린웨이는 휴가용 별장으로, 그가 여기서 글을 쓰진 않았습니다. 크리스티의 손자 매슈 프리처드Mathew Prichard는 할머니가 가족들에게《주머니 속의 호밀》을 소리 내어 읽어 주면서 범인을 맞혀 보라고 한 적이 있다고 회상했어요.

애거사 크리스티는 미국인 사업가와 영국 귀족 사이에서 태어나 행복한 어린 시절을 보냈다. 열한 살에 아버지가 갑자기 세상을 떠나면서 집안 형편이 어려워졌지만, 문학과 음악에 대한 열정은 식지 않았다. 미스터리를 탐독하던 중 1920년《스타일스 저택의 괴사건》으로 데뷔했다. 1976년 86세로 세상을 떠날 때까지 장편 66권, 단편집 20권을 발표했다.

자기만의
공간

버지니아 울프
Virginia Woolf(1882~1941)

📍 이스트서식스주 로드멜Rodmell의 오두막(영국)

언뜻 생각하기에 '여성을 위한 안락한 공간she shed'은 21세기에나 생긴 개념 같습니다. 그러나 여성들이 세상의 일상적인 방해 요소로부터 도피할 수 있는 뒤뜰의 피난처, 그러니까 '남성의 동굴man cave'에 상응하는 개념은 그 역사가 훨씬 오래됐어요. 버지니아 울프는 이 여성만을 위한 안락한 공간을 활용한 선구자 중 한 명입니다.

울프는 1929년 발표한《자기만의 방》에서 "여성이 소설을 쓰려면 돈과 자기만의 방이 있어야 한다"며, 독립적인 집필실이 여성에게 얼마나 중요한지 설명했습니다. 그러면서 역사적으로 여성들은 충분한 재정적 독립과 정식 교육을 받을 기회를 거부당해 왔을 뿐만 아니라 글을 쓸 물리적 공간도 부족했다고 주장했죠. "조용한 방

작가의 방

이나 방음이 되는 방은 차치하고, 여성이 자기만의 공간을 갖는 것은 부모가 굉장한 부자이거나 대단한 귀족이 아니라면 불가능한 일이었다"고요. 울프는 경제적으로 독립하기 위해서는 500파운드가 필요하다고 했습니다. 요즘으로 치면 3만 파운드죠. 그래서 1996년 제정된 영국 여성문학상Women's Prize for Fiction의 최우수상 상금도 3만 파운드인 거예요.

이스트서식스주에 있는 몽크하우스Monk's House에서 울프는 정확히 그런 곳을 가졌습니다. 소설《올랜도》의 성공으로 글 쓰는 공간을 증축할 수 있었거든요. 그런데 그곳이 점점 침실로 변하자, 결국 정원에 있는 오두막에서 글을 쓰게 됐죠. 더운 여름날이면 잠을 청하기도 하고요.

이 오두막 집필실은 단점이 좀 있었습니다. 남편 레너드가 정원에서 딴 사과들을 다락방에서 요란하게 분류하는 소리가 들렸으며, 겨울에는 너무 추워서 다시 침실로 돌아가 글을 써야 했죠. 울프는 이런 문제점을 개선하기 위해 오두막을 정원 끝 밤나무 밑으로 옮겼습니다. 여기서 낮은 안락의자에 앉아 얇은 합판을 무릎에 올려놓고 잉크를 찍어 쓰는 딥펜으로 글을 쓴 다음, 완성된 글은 책상에서 타자기로 타이핑했어요.

울프의 친구이자 그의 소설 속 캐릭터를 창작하는 데 영감을 준 비평가 리턴 스트레이치Lytton Strachey는 그가 담배꽁초, 펜촉, 구긴 종이 뭉치 등으로 지저분한 환경에서 글을 쓴다고 불평했죠. 울프는 평생 스탠딩 데스크를 비롯해 다양한 테이블과 책상을 썼습니

나치의 폭격으로 울프의 오두막 집필실 창문이 부서졌다.

다. 미국의 유명 사진작가 애니 리버비츠가 자신의 책《순례Pilgrim-age》에 싣기 위해 울프의 책상을 찍은 적이 있는데요. 이 사진을 보면 책상 위에 머그잔을 올려놨던 자국과 엎질러진 잉크 자국이 그대로 있어요.

울프의 오두막 집필실 창문 너머로는 서식스 언덕과 캐번Caburn 산이 보였습니다. 오두막 앞에는 서식스 언덕을 배경으로 친구들이나 가족들과 론볼스lawn bowls* 경기를 볼 수 있도록 벽돌로 앉을 자리를 만들어 놨죠. 그런데 2차 세계대전이 일어나면서 독일 전투기들이 집 상공을 낮게 날아다녔습니다. 울프가 "폭탄 때문에 내 오두막 창문이 흔들렸다"라고 쓴 것은《자기만의 방》에서 언급한 위험한 환경에 사는 여성을 그대로 보여 주는 셈이었습니다. 그는 이 오두막에서《댈러웨이 부인》《파도》《막간》을 집필했습니다.

울프는 주로 오전에 글을 썼어요. 남편은 그가 "주식중매인처럼 하루도 거르지 않고" 오두막 집필실로 출근한다고 했죠. 울프는 연인 비타 색빌웨스트에게 보낸 편지에 "떨리지만 한결같은 황홀함 속에서 눈을 뜨면, 깨끗한 물을 담은 주전자를 들고 정원을 가로질러 걸어가"라고 썼습니다. 작곡가인 친구 이설 스마이스Ethel Smyth에게 보낸 또 다른 편지에서는 이렇게 표현했어요. "빨간 장미 향을 맡을 거야. (머리 위에 달걀 바구니를 올리고 걷는 것처럼) 잔디밭을 조심스럽고 천천히 가로질러 걸어가서 담배에 불을 붙이고,

* 검은 공을 가능한 한 흰 공 가까이까지 굴리는 놀이.

무릎에 합판을 올려놓을 거야. 그리고 잠수부처럼 어제 쓴 마지막 문장으로 아주 조심스럽게 뛰어드는 거야."

　　레너드도 아내가 엄격한 스케줄을 따랐다고 말했습니다. "우리는 1년 중 한 달만 빼고, 하루도 빠짐없이 매일 아침 일하지 않는 것이 단지 잘못된 일일 뿐 아니라 불편하다고 느낄 정도였습니다. 그래서 매일 아침을 먹고 9시 30분이면 마치 자연의 법칙처럼 각자 일터로 갔습니다. 그리고 오후 1시에 점심을 먹기 전까지 일했죠."

버지니아 울프는 《영국 인명사전》을 만든 아버지에게 교육을 받았다. 부모님이 돌아가신 뒤에는 당시 영국 지성인들의 모임인 블룸즈버리 그룹에서 경제학자 케인스, 소설가 E. M. 포스터 등과 폭넓은 주제로 지식을 나눴다. 이 모임에서 만난 레너드 울프와 결혼한 뒤 소설, 평론, 에세이 등을 발표했다. 특히 《자기만의 방》에서 여성이 물적, 정신적으로 독립해야 하는 이유를 자세히 설명했다.

이사 후에
찾아온 슬럼프

제인 오스틴
Jane Austen(1775~1817)

⦿ 햄프셔주 초턴 집의 부엌(영국)

거처를 옮겨 본 적이 있다면, 누구나 이사가 삶을 얼마나 혼란에 빠뜨릴 수 있는지 알 거예요. 영국 소설가 제인 오스틴도 엄청난 영향을 받았죠.

오스틴은 원래 햄프셔주 스티븐턴에서 가족들과 함께 매우 행복하게 지냈습니다. 작품도 여러 편 썼죠. 이 시절에 그는 휴대용 마호가니 문구함writing box을 이용해 글을 썼는데요. 아버지가 1794년에 주신 생일 선물이었죠. 문구함을 열면, 종이와 잉크를 보관하는 수납공간과 잠글 수 있는 서랍이 나왔습니다. 그는 이 안에 안경도 넣어 뒀어요. 뚜껑을 닫으면, 문구함은 종이를 올려놓고 글을 쓸 수 있는 비스듬한 받침대로 변했죠. 아마도 이 위에서 《오만과 편견》

오스틴은 아주 많은 사람이 드나드는 집에서 남몰래 글을 썼다.

《이성과 감성》《노생거 사원》의 초고가 탄생하지 않았을까요?

문구함은 오스틴이 가장 아끼는 물건 중 하나였습니다. 1798년 언니 카산드라에게 편지를 보내면서, 실수로 문구함을 서인도제도로 보낼 뻔했을 때 얼마나 절망했는지 털어놓기도 했어요.

오스틴은 처음에 문구함에 딱 맞는 작은 종이에 글을 썼습니다. 그러다가 문체가 발전하면서 16쪽짜리 소책자에 글을 썼고, 이것들을 모아 더 두꺼운 책을 완성했죠.

1801년, 교구 사제였던 아버지가 큰오빠에게 사제직을 물려주고 은퇴했습니다. 그 후 오스틴은 아버지, 어머니, 언니와 함께 바스로 이사했죠. 그는 이곳에서 글을 거의 쓰지 않았어요. 소설《왓슨 가족》도 결국 완성하지 못했고요.

오스틴이 바스에서 글을 잘 쓰지 못한 정확한 이유는 알려지지 않았는데요. 몇몇 편지에서 바스를 무시하는 듯한 뉘앙스를 풍기기는 했지만, 그가 특별히 불행한 시간을 보낸 것은 아니었답니다. 사교 모임으로 아주 바빴고, 또 여행도 자주 다녔고요. 이렇게 다른 일을 하느라 글을 자주 쓰지 못했을 수도 있어요.

한편으론 우울증 때문이라는 의견도 있습니다. 애초에 오스틴은 스티븐턴을 떠나고 싶지 않은데, 온전히 부모님의 결정 때문에 어쩔 수 없이 바스로 이사했다는 것이죠. 조카 제임스 에드워드 오스틴 리는 오스틴에 대한 회고록에서 "자신이 태어난 집을 떠나는 것은 감정이 풍부한 젊은이에게 큰 슬픔일 것"이라며, 그래서 오스틴은 "대단히 불행했을"것이라고 말했죠.

오스틴의 문구함은 현재 영국도서관에 있다.

그 이유가 어떻든 바스로의 이사는 오스틴에게 단순히 집을 옮기는 것 이상의 의미였습니다. 이 사실이 글쓰기 루틴을 무너뜨렸고, 그를 슬럼프에 빠뜨렸죠.

1809년, 오스틴은 햄프셔주 초턴으로 다시 거처를 옮겼습니다. 이곳에서는 작품 활동을 활발히 이어 나갔어요. 아침에 일어나서 차를 끓이는 일과를 제외하면, 다른 집안일은 거의 하지 않고 자유롭게 글을 썼죠.

초턴 집 다이닝룸, 그곳에서도 빛이 가장 환하게 들어오는 창가에 아주 작은 십이각형 호두나무 테이블이 놓여 있었습니다. 그 앞에 앉으면 마을을 가로지르는 길이 한눈에 들어왔죠. 오스틴은 이 호두나무 테이블에서 매일 글을 썼습니다. 테이블은 문구함보다 훨씬 구조가 단순하고, 애초에 책상으로 만들어진 것도 아니었어요. 초턴 집은 지금은 박물관으로 남아 있습니다. 오스틴이 사용한 테이블도 볼 수 있죠.

오스틴은 집에 집필실이라고 부를 만한 공간을 따로 꾸미지는 않았지만, 테이블이 너무 작아서 아마 다른 곳에서도 글을 쓰지 않았을까 싶습니다. 그는 집에서 만든 아이언갤iron-gall 잉크와 깃펜으로 스티븐턴에서 썼던 소설들을 퇴고하고,《맨스필드 파크》《에마》《설득》을 썼습니다.

조카가 쓴 회고록을 보면, 오스틴은 비밀스럽게 글을 쓰고 싶어 했어요. 그래서 문이 삐걱대는 소리를 들으면 누가 들어오는구나 싶어서 쓰던 글을 황급히 숨겼죠. "그는 가족 이외에 하인이나 손님 등 그 누구도 그가 하는 일을 눈치채지 못하게 조심했다"고 합니다.

제인 오스틴은 영국 햄프셔주 스티븐턴의 목사 집안에서 8남매 중 일곱째로 태어났다. 어려서부터 희곡, 시, 단편을 쓰기 시작했다. 은퇴한 아버지를 따라 바스로 갔다가, 몇 년 뒤 아버지가 돌아가시자 경제적으로 어려워져 가족과 친구 집을 전전했다. 1809년 셋째 오빠의 권유로 초턴에 정착, 독신으로 지내며 작품을 썼다.

천재성과 혼돈이
공존하는 방

W. H. 오든
Wystan Hugh Auden(1907~1973)

♀ 뉴욕의 아파트(미국),
　키르슈테튼Kirchstetten의 다락방(오스트리아)

"격정적이고 독창적인 작품을 쓰고 싶다면, 실제 삶이 규칙적이고
질서 정연해야만 한다."

　프랑스 소설가 귀스타브 플로베르는 이런 말을 남겼어요. 영국
시인 W. H. 오든의 경우, 작품은 분명 독창적이지만 집필실은 질서
정연함과는 거리가 멀었습니다.

　오든은 루틴이란 작가가 지닌 야망의 증거라고 믿었습니다. 매
일 아침 일어나 커피를 한 잔 마시고 십자말풀이를 한 다음, 오전
6시부터 정오까지 글을 썼죠. 30분 동안 점심을 먹고 다시 글을 쓰
다가 저녁이 되기 전에 일을 마무리했고요. 또 일하는 도중에는 어
떤 손님도 만나지 않았어요.

오든은 뉴욕의 "보금자리"에서나 오스트리아의 시골집에서나
깔끔하게 정돈하고 사는 편은 아니었다.

오든은 공책에 시를 썼는데요. 오른쪽 페이지에 초고를 쓴 다음 왼쪽 페이지에 퇴고한 시를 적었습니다. 시인이자 시 전문지《뉴버스New Verse》의 편집장이었던 제프리 그릭슨Geoffrey Grigson은 그의 글씨를 두고 "지렁이가 기어가는 듯"하다고 표현했어요. 하지만 오든은 사람들이 "자기 자신의 방귀 냄새를 즐기듯이" 자기 필체가 좋다고 했죠. 타자기로 친 글은 "인간미 없고 흉측해 보이기" 때문에 싫어한다고 밝혔지만, 최종 원고는 타자기로 완성했습니다.

오든은 습관을 철저히 지키고, 사람들이 자신의 SNS를 규칙적으로 확인하는 것처럼 시간을 늘 확인하며 마감일을 잘 지키는 작가로 유명했어요. "모든 시계를 멈추자"로 시작하는 〈장례식 블루스Funeral Blues〉나 〈야간 우편Night Mail〉을 비롯한 여러 시와 오페라 대본을 보면 그가 문장에 얼마나 정통했는지 알 수 있는데요. 놀랍게도 그는 온통 엉망진창인 상황에서 이 일들을 해냈습니다.

오든은 주로 여름은 유럽에서 보내고 나머지 기간은 뉴욕, 특히 로어이스트사이드에 있는 아파트에서 보냈습니다. 그는 이 집을 "내 뉴욕 보금자리"라고 불렀어요. 하지만 유명한 정치 이론가 한나 아렌트는 "빈민가 아파트", 예술가 마거릿 가디너Margaret Gardiner는 "침울한 동굴"이라고 표현했죠. 오든은 이 아파트의 녹색 대리석 벽난로와 붙박이 책장이 있는 작은 방에서 조그마한 책상에 앉아 글을 썼습니다. 커튼은 항상 닫아 둔 채였죠.

오든의 친구이자 같은 시인인 찰스 밀러Charles Miller는 1983년에 발표한 전기《오든: 미국인의 우정Auden: An American Friendship》에서

이 "오든다운 풍경"을 점잖게 "어수선하다"고 표현했습니다. 하지만 밀러가 설명한 것처럼 책과 잡지, 마시다 만 커피 때문에 "얼룩투성이"인 커피 잔, 빵 조각, 담배꽁초를 모아 둔 커다란 접시, 먹고 남은 올리브 씨가 널려 있는 테이블은 그리 매력적이지 않아요. 포크, 나이프나 접시들도 깨끗하지 않았죠. 집 안 공기는 니코틴과 커피 냄새로 퀴퀴했고요. 가디너는 심지어 공기까지 침울한 것 같다고 했어요. 러시아에서 망명한 미국 작곡가 이고리 스트라빈스키는 친구 오든을 "내가 좋아하는 사람들 중 가장 지저분한 사람"이라고 불렀죠. 오든은 불결한 환경에서 살기 싫지만 "다른 방식으로 살며 내가 하고 싶은 일을 할 수가 없다"고 했습니다.

게다가 오든은 쉬지 않고 담배를 피워 댔습니다. 매일 아침 눈을 뜨자마자 "수고를 덜어 주는 장치"라며 각성제인 벤제드린(암페타민)을 복용했고요. 오후 5시에는 칵테일을 마시고, 밤에 잠자리에 들면서는 진정제를 복용했죠. 침대 옆에는 한밤중에 깰 때를 대비한 보드카 한 병이 놓여 있었습니다. 그는 이런 생활 방식을 "화학적인 삶chemical life"이라고 불렀습니다.

오든이 1958년에 오스트리아에 산 집도 지저분한 것은 마찬가지였습니다. 그가 집필실로 쓰던 다락방은 1965년에 발표한 시집 《주거지에 대한 감사Thanksgiving for a Habitat》에 실린 〈창작의 동굴The Cave of Making〉과 〈저 위에서Up There〉에 영감을 주기도 했죠.

이 집의 일부는 이제 오든 박물관이 됐습니다. 집필실은 (깔끔하게 정돈된 것만 빼면) 그가 살아 있었을 때와 거의 그대로입니다. 창가에는 원목 책상이 있고, 책장에는 그가 제일 좋아하던 펭귄출판사의 범죄소설들이 빼곡하죠. 올리베티Olivetti 타자기와 재떨이, 슬리퍼도 남아 있답니다.

W. H. 오든은 화목하고 신앙심 깊은 가정에서 태어나 옥스퍼드대학을 졸업했다. 1930년대 대공황기에 급진적인 좌익 문인으로 명성을 얻었다. 갑갑한 영국 문단과 자신에게 쏟아지는 기대감에서 벗어나고자 1939년 미국으로 건너간 뒤로 조국을 배반했다는 비난에 시달렸다.

깊은 밤,
커피와 글쓰기

오노레 드 발자크
Honoré de Balzac(1799~1850)

📍 파리 자택 서재, 투르 사셰성Château de Saché 침실
(프랑스)

볼테르부터 조너선 스위프트, 귀스타브 플로베르, 테리 프래쳇까지, 커피는 수 세기 동안 작가들에게 종이만큼이나 꼭 필요한 존재였습니다. 프랑스 소설가 오노레 드 발자크에게도 마찬가지였죠. 그는 〈커피가 주는 즐거움과 고통The Pleasures and Pains of Coffee〉이라는 글에서 커피가 기운을 북돋을 뿐 아니라 잠도 달아나게 한다고 경탄하며 "커피는 내가 살아가는 데 큰 힘이 된다"고 했습니다.

이렇게 커피는 발자크의 집필실에서 가장 중요한 요소였는데요. 그는 버번, 마르티니크, 모카 이렇게 세 가지 원두를 블렌딩해 직접 내린 커피를 엄청나게 마셨습니다. 얼마나 많이 마셨는지 정확하게 알 수는 없지만, 하루에 50잔 정도가 아닐까 짐작한다고 해

발자크는 새벽 2시에 커피를 마시고 나서 큰 까마귀 깃털 펜으로 글을 썼다.

요. 머그잔이 아니라 작은 커피 잔으로요. 만약 커피를 마셨는데도 생각보다 기운이 나지 않으면, 원두를 갈아서 그대로 먹기까지 했습니다. 이를 전투 준비를 하는 부대에 비교하며 "끔찍하고 혹독한 방법"이라고 인정하기도 했죠.

발자크는 이렇게 다량의 카페인을 섭취하면서까지 특이한 시간대에 글을 썼습니다. 젊은 시절, 그는 "정해진 시간에 먹고 마시고 자는" 것을 견딜 수 없어 변호사 대신 작가가 됐다고 밝혔죠. 친구이자 나중에 부인이 된 에벌린 한스카에게 쓴 편지에서 자신의 글쓰기 루틴을 설명한 적이 있는데요. 자정에 일어나 여덟 시간 동안 글을 쓰고 15분 동안 점심을 먹은 다음, 다시 다섯 시간 동안 더 일하고 나서 저녁을 먹고 잤다고 합니다. 가끔은 아침을 먹기 전에 낮잠을 자기도 했죠. 48시간 동안 세 시간만 자면서 쉬지 않고 글을 쓴 적도 있습니다.

그러나 결국 이런 습관이 건강한 삶에 도움이 되지 않는다는 것을 깨달았습니다. "나는 살아 있지 않아. 일이란 끔찍한 악마에 사로잡혀 나 자신을 지치게 만들고 있어"라면서요. 1840년대에는 주로 파리 16구에 있는 자택 꼭대기 층 서재에서 글을 썼습니다. 지금은 '메종드발자크Maison de Balz-ac'라고 불리는 이곳에는 그의 이니셜이 자줏빛으로 새겨진 놀랍도록 자그마한 흰 도자기 커피포트가 전시돼 있어요.

이 서재에서 발자크는 커튼을 거의 닫아 놓은 채, 4구 청동 촛대 두 개로 빛을 밝혔고요. 태피스트리를 덮은 의자에 앉아, 이사할 때마다 항상 가지고 다녔던 작은 원목 테이블에서 글을 썼습니다. 그는 녹색 모직 천을 씌운 이 테이블을 두고 "내 모든 고통"을 목격했을 뿐만 아니라 글을 쓸 때마다 팔에 쓸리면서 천이 거의 닳아 버렸다고 말했죠. 테이블에는 낮은 발 받침대가 있었는데, 상태가 양호한 것을 보면 발을 잘 올려놓지는 않은 듯합니다. 엄청난 분량의 소설 시리즈인 '인간 희극La Comédie humaine' 역시 여기서 작업한 많은 작품 중 하나입니다.

발자크는 글을 쓸 때 빨간 슬리퍼를 신고, 흰색 면 가운을 입고, 금으로 만든 베네치아 체인을 허리에 둘렀는데요. 이 체인에는 종이칼, 가위, 금색 펜나이프 펜던트가 달려 있었어요. 그리고 눈의 피로를 덜기 위해 약간 푸른빛이 도는 종이에 큰 까마귀 깃털로 만든 펜으로 글을 썼죠.

발자크의 파리 집은 메종 드 발자크만이 남아 있습니다. 그는 투르 인근의 사셰성에서도 종종 글을 썼어요. 이곳 역시 발자크박물관으로 남아 있죠. 사셰성은 친구 장 드 마르곤의 성으로, 발자크는 2층 침실에서 글을 쓰지 않을 때는 긴 시간 산책하며 고요하고 신선한 공기를 만끽했어요. 전해지는 이야기에 따르면 그는 언제나 시계 알람에 눈을 떴는데, 그 시간이 무려 새벽 2시였대요. 이때 일어나 커피와 토스트를 먹고, 오후 5시까지 특별히 개조한 테이블을 침대에 올려놓고 글을 썼어요. 그 후에 저녁 식사를 하고 잠시 쉬다가 밤 10시쯤 잠자리에 들었습니다.

오노레 드 발자크는 아버지의 뜻에 따라 법학을 공부했으나 결국 작가가 되기로 결심했다. 여러 여인들에게 정신적, 물질적 도움을 받으면서 글을 쓰지만 성공하지 못하고, 심지어 인쇄업에 손을 댔다가 빚을 지기도 했다. 끊임없이 노력한 결과, 장편과 중편 90편, 단편 30편, 희곡 5편 등 엄청난 양의 작품을 남겼다.

침대의
매력

마르셀 프루스트
Marcel Proust(1871~1922)

📍 파리 아파트 침실(프랑스)

대부분 작가들이 앉거나 서서 작업하는 데 비해 이보다 더 편한 자세로 글을 쓰고 싶어 하는 작가들도 있습니다.《티파니에서 아침을》을 쓴 트루먼 커포티는 자신이 침대나 소파에 누워 있지 않으면 아무 생각도 할 수 없는 "완벽한 와식 작가"라고 밝혔으며,《톰 소여의 모험》으로 유명한 마크 트웨인은 침대에 앉아 파이프를 물고 글을 휘갈기는 것이 얼마나 만족스러운지에 대해 글까지 썼습니다. 그러나 침대에서 작업하는 작가들을 대표하는 이는 바로 마르셀 프루스트입니다. 심지어 대표작《잃어버린 시간을 찾아서》는 "긴 세월 나는 일찍 잠자리에 들었다"라는 문장으로 시작하죠.

부모님이 2년 새 잇달아 세상을 떠나자, 1906년 프루스트는 파

프루스트는 침대에서 오랫동안 글을 쓰고 나면 손목에 쥐가 나곤 했다.

리의 오스만대로Boulevard Haussmann에 있는 아파트로 거처를 옮겼습니다. 어렸을 때부터 허약했던 데다 부모님의 죽음을 받아들이지 못해 불면증에 시달리고 있었죠. 그가 생각해 낸 해결책은 침실에 틀어박혀, 낮에는 자고 밤에는 글을 쓰는 야행 생활이었어요.

원래 프루스트의 삼촌이 지냈던 침실은 높이가 3.7미터나 되는 꽤 널찍한 방이었습니다. 프루스트는 천식을 일으키는 꽃가루와 바깥 먼지가 들어오지 못하게 덧문과 두꺼운 새틴 커튼을 닫고 자신을 보호했어요. 또 집필 공간이 최대한 조용하길 바랐기 때문에, 한동안 방에 뒀던 전화기도 치워 버렸죠. 친구이자 시인인 안나 드 노아유Anna de Noailles가 조언해 준 대로 벽과 천장에 코르크도 둘렀고요. 원래는 그 위에 벽지를 바르려 했지만 짬을 내지 못했대요. 결국 그대로 시간이 흘렀고, 천식 때문에 태우던 의료용 분말의 연기 때문에 벽이 거무스름해졌죠.

프루스트는 이 정도에서 만족하지 못했어요. 더 고요하길 바랐죠. 그가 이웃인 마리 윌리엄스 부인과 그의 남편 찰스(프루스트의 침실 바로 위층에서 의자를 두던 치과 의사)에게 쓴 편지들은 "제발 조용히 좀 해 주세요"라는 말을 굉장히 정중하게 표현한 문장들로 가득했습니다.

프루스트는 스웨터를 입고 뜨거운 물주머니를 옆에 낀 채 침대에 기대 앉아 무릎을 책상 삼아 글을 썼습니다. 매일 크루아상과 뜨거운 커피를 준비해 주던 가정부 셀레스트 알바레는 아무리 짧은 메모라도 그가 일어서서 쓰는 모습을 한 번도 본 적이 없다고 했어

요. 프루스트는 왼쪽 여백에 세로로 빨간 줄이 그어진 라인노트에 글을 썼는데요. 아무래도 침대에서 글을 쓰는 자세가 완전히 편하지는 않았기 때문에 손목에 쥐가 나기도 했죠.

침실은 놀라울 만큼 어수선해서, 오히려 무덤 같은 분위기가 완화될 지경이었어요. 침대는 창문에서 가장 먼 귀퉁이에 틀어박아 놓고요. 그 옆에는 작은 녹색 갓 램프와 에비앙 물병 등 글을 쓸 때 필요한 것들을 놓을 수 있는 테이블 세 개를 뒀어요. 어머니의 피아노와 아버지의 안락의자, 회전 책장, 프루스트가 한 번도 앉은 적 없는 책상은 저 멀리 쪽매널마루에 두었죠. 이것들은 디자인적으로는 그리 특별해 보이지 않았지만, 부모님과의 행복한 추억이 담겨 있었습니다. (프루스트의 부모님을 만난 오스카 와일드가 "이 집은 정말 보기

흉하군요!"라고 말했다는 이야기가 있을 정도예요.) 다른 쪽에는 동양적인 분위기가 나는 병풍, 수납장, 깔개 등이 있었어요. 그림은 한 점도 없었고, 장식품이라고는 작은 어린 예수 조각상이 전부였죠. 거울 두 점은 프루스트가 침대에 누웠을 때 자기 모습이 비치지 않는 곳에 있었어요. 금욕적이지는 않지만 빈 캔버스 같은 면이 있던 이 방에는 그가 애국자로서 자신의 의무라고 여겼던 글쓰기를 방해할 만한 요소가 전혀 없었습니다.

그가 침대에서 글을 쓴 정확한 이유는 밝혀지지 않았어요. 방을 살펴보면 그가 사랑하는 가족과의 추억이 담긴 물건에서 위안을 얻었다는 것을 알 수 있는데요. 어쩌면 그는 친숙하면서도 작품에 영감을 줄 자기만의 공간이 필요했는지도 몰라요. 젊은 시절에 발표한 첫 책《쾌락과 나날》에서 이런 문장을 남겼습니다.

심란할 때 온기가 도는 침대에 누워 있으면 기분이 좋아진다. 애쓰거나 몸부림칠 힘이 다 사라지면 머리를 이불 속에 파묻고 가을 바람을 맞는 나뭇가지들처럼 흐느껴 운다.

마르셀 프루스트는 유복한 가정에서 태어났으나 평생 천식으로 고생했다. 젊었을 때부터 귀족들의 살롱에 드나들면서 예술가들, 작가들과 교류했다. 부모가 차례로 세상을 떠나자 큰 충격을 받고 침실에 틀어박혀《잃어버린 시간을 찾아서》를 집필하는 데 몰두했다. 결국 폐렴으로 쉰한 살에 사망했다.

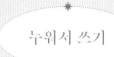

누워서 쓰기

많은 작가들이 누워서 혹은 침대에서 글을 씁니다. 수직으로 서서 일하는 것보다 수평으로 누워서 일하는 것이 문제를 창의적으로 해결하는 데 더 도움이 된다는 연구 결과도 있다고 해요. 누워서 일하는 책상도 점점 늘어나는 추세고요.

어떤 작가들에게 서서 일하는 것은 단지 루틴의 일부일 뿐입니다.《롤리타》로 유명한 러시아 출신 미국 소설가 블라디미르 나보코프는 젊은 시절에는 주로 침대에서 글을 쓰다가, 나중에는 스탠딩 데스크와 팔걸이의자에서도 작업했습니다. 별나기로 유명한 영국 시인 이디스 시트웰은 뚜껑을 열어 놓은 관에 누워 작품을 구상하고, 주변에 공책을 여러 권 늘어놓으면서 그날의 글쓰기를 준비한다고 했습니다. 이 말을 있는 그대로 믿어도 될지는 모르겠지만요. 20세기를 대표하는 대작《율리시스》를 쓴 제임스 조이스는 말년에 녹내장으로 시력이 나빠지자, 흰 코트를 입고 엎드린 채 큼직한 파란색 연필로 곧잘 글을 썼습니다.

비수직성에 가장 충실했던 작가는 트루먼 커포티로, 자신을 "완벽한 와식 작가"라고 소개했습니다. 이 이상적인 자세로 한 손에는 담배와 커피를 들고 글을 썼는데, 해가 저물수록 커피는 민트 차, 셰리, 마티니로 바뀌었답니다.

호텔 방은
나의 은신처

마야 안젤루
Maya Angelou(1928~2014)

📍 노스캐롤라이나주 윈스턴세일럼을 비롯한
여러 지역의 호텔들(미국)

집안일로 방해받는 일 없이 글을 쓸 수 있는 가장 편한 방법 중 하나
는 호텔에 투숙하는 것입니다. 어니스트 헤밍웨이는 아바나의 암보
스문도스호텔 551호에 머무는 동안 영감을 받아《누구를 위하여 종
은 울리나》와《오후의 죽음》을 썼죠. 이 방은 헤밍웨이를 기리는 작
은 박물관이 됐습니다. 소설가 페이 웰든Fay Weldon은 2002년, 런던
사보이호텔이 제공해 준 하룻밤에 350파운드인 객실에서 작업했
고요. 아서 C. 클라크는 뉴욕 첼시호텔 1008호에서 스탠리 큐브릭
감독과 함께〈2001 스페이스 오디세이〉시나리오를 썼습니다. 마크
트웨인, O. 헨리, 윌리엄 S. 버로스, 잭 케루악 등 수많은 작가들이
예술가의 아지트였던 이곳 첼시호텔을 애용했죠.

안젤루가 글을 쓸 때 가장 중요시한 것은 방해받지 않는 쾌적한 환경이었다.

마야 안젤루의 경우는 집 근처 호텔을 한 달씩 빌려 놓고, 매일 아침 일찍 일어나 이곳으로 출근했습니다. 오전 6시 30분이면 글을 쓰기 시작했죠. 단출하고 엄격한 분위기를 바랐기 때문에 침대와 세면대 외에 아무것도 없는 작은 객실에서 작업했어요. 심지어 벽에 걸려 있던 그림까지 떼어 냈죠. 집에서는 이따금(보통 오전 11시쯤) 한 모금씩 마신 셰리 한 병과 카드 한 벌,《킹제임스 성경》, 사전, 십자말풀이만 챙겨 갔습니다.

어느 호텔에 있는지도 비밀에 부쳐서, 호텔 측은 사람들이 이곳에 안젤루가 있는지 궁금해해도 모른 척했습니다. 직원들은 휴지통을 비우고 침대 시트를 갈 때만 객실에 들어갈 수 있었어요. 지금으로서는 그가 노스캐롤라이나주 윈스턴세일럼으로 이사한 뒤에는 히스토릭브룩타운인The Historic Brookstown Inn이나 킴턴카디널호텔 Kimpton Cardinal Hotel에서 작업하지 않았을까 짐작할 뿐입니다.

안젤루는 호텔 방 침대에 누워 노란색 리걸패드에 글을 쓰다가 오후에 집으로 돌아가 휴식을 취하고 샤워한 다음 일을 계속했습니다. 이른 저녁이 되면 타자기로 글을 수정했는데, 말년에는 1980년대 아들러 미티어Adler Meteor 12 모델을 사용했어요.

마야 안젤루는 어릴 적 강간당한 충격으로 한동안 말을 하지 못했으며, 10대에 미혼모가 돼 온갖 일을 하며 아들을 키웠다. 1969년 어린 시절의 아픔을 그린《새장에 갇힌 새가 왜 노래하는지 나는 아네》로 데뷔한 후 시인, 소설가, 여성운동가, 흑인 인권 운동가로 활동, 미국에서 가장 영향력 있는 흑인 여성 중 한 명이 됐다.

고립된
삶의 한계

조지 오웰
George Orwell(1903~1950)

♀ 이너헤브리디스제도 주라섬 농가 침실(영국)

1946년 5월, 런던에서 오랜 기간 질병과 과로에 시달리던 조지 오웰은 결단을 내렸습니다. 구상 중인 소설《유럽에 남은 마지막 인간 The Last Man in Europe》의 집필에 집중하기 위해 어린 아들 리처드와 함께 스코틀랜드 주라섬에 가서 은둔 생활을 하기로요(이 소설은 후에 《1984》라는 제목으로 출간됐습니다).

오웰은 이 책의 개요를 구상하면서 "작가의 외로움, 마지막 인간이 된 그 기분"에 대해 썼습니다. 그가 원했던 것은 단지 글을 쓰기 위한 고요한 환경이었죠.〈문학의 비용The Cost of Letters〉중 "작가는 집에서 일하며, 그래서 끊임없이 방해를 받을 수밖에 없다"고 쓴 대목에서 그의 마음을 엿볼 수가 있습니다.

오웰은 외진 주라섬으로 가서 악조건 속에서 글을 썼다.

주라는 인구가 300명 정도인 작은 섬이었습니다. 오웰은 이 섬 북쪽에 있는 반힐Barnhill이라는 농가에 거주하며 글을 썼습니다. 우편물은 일주일에 두세 번 배달됐고, 가장 가까운 이웃이 약 1.5킬로미터 밖에 살았으며, 약 30킬로미터 안에는 전화기도 없었죠. 바깥세상과 이어 주는 연결 고리라고는 배터리로 켜지는 라디오가 전부였습니다. 손님을 초대하기도 했지만, 주라까지 오는 여정이 힘들뿐더러 이곳에서 지내는 동안 겪어야 할 불편함 때문에 사람들이 선뜻 찾아오긴 어려웠죠. 전기도 온수도 없었으며, 아주 기본적인 이동 수단밖에 없었거든요.

오웰은 석 달 동안 한 자도 쓰지 않고, 에릭 블레어Eric Blair라는 본명으로 소규모 농지를 운영하는 일에만 집중했습니다. 책장도 몇 개 만들었고요.

결코 안락한 생활은 아니었습니다. 그가 쓰던 소설처럼 육체적으로 힘들고 금욕적인 나날이었어요. 그러나 오웰은 이 섬 생활에 깊이 빠져들었습니다. 주라에서의 생활을 기록한 일기를 보면, 광대한 자연에 대한 감상으로 가득하죠.

다만 춥고 눅눅한 환경은 결핵 환자인 오웰에게 그리 이상적이라고 하기 어려웠습니다. 일기에는 원고 이야기가 거의 없는데요. 아플 때는 글을 쓰기가 쉽지 않다고 적었을 뿐이에요. "글을 쓰려고 했을 때에야 비로소 뇌가 예전 같지 않다는 것을 깨달았다. 몇 초 이상 집중하지 못하는 것은 물론이고 조금 전에 한 말조차 기억하기 힘들다."

섬 생활을 시작할 당시에는 간이침대, 테이블과 의자 몇 점, 기본적인 주방 도구 정도뿐이었지만, 시간이 갈수록 점차 물건이 늘어났습니다. 오웰은 일단 작업에 들어가면, 하루 종일 글을 쓰거나 타자기를 쳤어요. 쉬는 것은 밥을 먹을 때와 저녁 식사 후 산책할 때 정도였죠. 손님들은 방에서 타이핑 소리가 나긴 했지만, 소설보다 섬에 있는 동식물 이야기를 할 때 그가 더 행복해 보였다고 전했습니다. 마이클 셸든Michael Shelden은 오웰의 전기에서 이렇게 묘사했습니다.

그에게 반힐은 한낱 농장이 아니었다. 사무실이자 레스토랑, 술집, 휴식처였으며 바깥세상의 전쟁, 지저분한 거리, 현대적인 공장, 권력 정치를 상기시키지 않는 곳이었다.

오웰은 한번씩 거실에서 글을 쓸 때도 있었지만, 주로 커다란 다락방의 어수선한 책상이나 침실에서 가운 차림으로 작업했습니다. 오래된 레밍턴 홈 포터블Home Portable 타자기로 직접 원고를 쳤죠. 어떨 때는 타자기를 무릎에 올려놓고 균형을 잡아 가며 타이핑을 했어요. 점점 더 건강이 나빠져 기침을 하다가 피를 토하기도 했는데요. 그러면서도 말아 피우는 담배를 끊임없이 피워 댔습니다. 블랙커피와 차를 많이 마셨으며, 작은 등유 난방기로 몸을 따뜻하게 데웠어요. 그가 반힐에서 글 쓰는 것을 반겼던《업저버Obserber》의 편집장인 데이비드 아스토David Astor에게 이런 글을 보내기도 했습니다. "침대에서 글을 쓰는 데 너무 익숙해졌습니다. 타자기를 치는 게 불편하지만 그래도 침대가 더 좋아요."

오웰은 시간이 갈수록 침대에 앉아 깔끔하게 타자를 치는 것이 불가능하다는 사실을 깨달았어요.《1984》는 출판하자마자 성공을 거뒀지만, 안타깝게도 그는 건강이 급격히 악화돼 1949년 초 주라를 떠난 이듬해에 세상을 떠나고 말았습니다.

조지 오웰은 인도 식민국 공무원의 아들로 태어났다. 다섯 살에 입학한 학교에서 가난한 집안의 아이라는 소문이 퍼져 우울한 소년 시절을 보냈다. 대학 진학을 포기하고 미얀마에서 경찰로 근무했으나, 영국 제국주의의 만행에 회의를 느끼고 유럽으로 건너가 글을 쓰기 시작했다.

고독
받아들이기

에밀리 디킨슨
Emily Dickinson(1830~1886)

📍 매사추세츠주 애머스트 자택 침실(미국)

시인 에밀리 디킨슨은 사교 활동으로 분주한 가족들과 거리를 두기 위해 침실을 거의 떠나지 않았습니다. 조카 마사가 침실로 찾아오면, 보이지 않는 열쇠로 문을 잠그는 척하며 "매티, 여기에 자유가 있어"라고 말하곤 했죠. 그가 스스로 조성한 고독 속에서 써 내려간 시는 무려 1800여 편에 달합니다.

디킨슨의 침실은 가로 4.5미터, 세로 3미터로 바람이 잘 통했습니다. 2층에 위치해 집에서 채광과 전망이 가장 좋았죠. 가만히 앉아 있으면 사람들이 길에서 이야기를 나누는 소리가 들려왔습니다. 벽에는 그가 가장 좋아하는 작가인 토머스 칼라일, 엘리자베스 배럿 브라우닝, 조지 엘리엇의 사진을 걸어 놨어요.

디킨슨은 침실의 아주 조그마한 탁자에서 글을 쓰며 자유를 느꼈다.

디킨슨은 1830년 매사추세츠주 애머스트에서 태어나 거의 평생 집을 떠나지 않았는데요. '홈스테드Homestead'라고 알려진 이 집은 이제 그를 기념하는 박물관이 됐습니다. 2013년부터 2015년까지 보수 작업이 대대적으로 이루어져, 분홍색 꽃무늬 벽지를 비롯해 디킨슨이 생전에 지내던 모습과 거의 비슷합니다. 그가 아침마다 침대에서 일어나며 발을 디디서 닳아 버린 자리하며, 글을 쓰던 작은 탁자에서 침대 옆 서랍장까지 걸어 다니던 흔적마저 고스란히 남은 19세기의 마룻장도 드러났습니다. 그가 쓰던 짙은 색의 작은 원목 침대도 그대로입니다.

박물관은 방문객을 대상으로 디킨슨의 침실에서 두 시간 동안 혼자 글을 쓸 수 있는 프로그램을 운영하고 있어요. 누구나 위대한 시인의 침실에서 글을 쓰는 기분을 직접 느껴 보도록 말이죠.

디킨슨이 글을 쓸 때 사용하던 아주 작은 탁자(조카 마사는 "가로세로가 각각 약 45센티미터인 정사각형에 잉크병, 종이, 펜을 넣을 수 있는 깊은 서랍이 달린 탁자"라고 설명했어요)와 의자, 서랍장(이 안에서 그가 쓴 수많은 시가 발견됐죠)도 그대로 재현돼 하버드대학 에밀리디킨슨기념관에 전시돼 있습니다.

> **에밀리 디킨슨**은 독실한 청교도 집안에서 태어나, 외출을 거의 하지 않고 늘 집에 은둔하며 단조로운 일상을 보냈다. 자연을 사랑했으며 동물, 식물, 계절의 변화에서 영감을 얻어 사랑, 이별, 죽음, 영원을 즐겨 노래했다.

당구장과 오두막에서
탄생한 모험담

마크 트웨인
Mark Twain(1835~1910)

📍 코네티컷주 하트퍼드의 자택 당구장,
뉴욕주 엘마이라의 오두막(미국)

대부분 작가들처럼 마크 트웨인도 고요한 자기만의 공간에서 글 쓰는 것을 선호했습니다. 하지만 친구들과 함께 혹은 혼자 즐거운 시간을 보내는 당구대가 있는 방에서 글을 쓰며 일과 놀이를 함께하기도 했죠. 1874년 9월, 주로 에든버러에서 지내는 친구 존 브라운 박사에게 보낸 편지에 다음과 같이 썼습니다.

"일을 너무 많이 해서 내 안에 있는 모든 게 소진된 것 같았지. 그래서 하던 일을 멈추고 기분 전환을 하러 당구를 치러 갔어."

이 당구장 겸 집필실은 코네티컷주 하트퍼드에 있는 3층짜리 빨간 벽돌집 꼭대기 층에 있었습니다. 밝고 널찍한 이 방에는 창문이 많았는데, 트웨인은 주의가 산만해지지 않도록 벽을 향해 책상

트웨인은 조용한 오두막 집필실로 가기 전, 당구대를 커다란 책상으로 활용했다.

을 놓고 글을 썼죠(지금의 도시 풍경이 당시의 시골 풍경보다 훨씬 보기 좋을 거예요). 대체로 서류가 흩어져 있는 그의 책상 옆에는 원고를 보관하는 칸 많은 선반이 있었는데요. 그는 편집 전에 모든 원고를 당구대에 늘어놓곤 했어요.

트웨인은 또 처형 수전 크레인이 살던 뉴욕주 북부 엘마이라의 쿼리농장Quarry Farm에 1874년에 지은 팔각형 오두막에서도 글을 썼어요. 여기서 그는 아침을 든든하게 먹은 다음 점심을 거르고 5시까지 담배를 피워 대며 글을 쓰곤 했죠. 가족들과 친구들은 그를 방해하지 않았고, 도움이 필요할 때는 경적을 울려 그를 불렀습니다. 하트퍼드 자택이 문학적인 세계를 끌어당기는 매력이 있는 곳이라면, 그가 20년간 여름마다 작업하던 엘마이라의 오두막은 아무 일도 일어나지 않는 평화로운 곳이었습니다.

트웨인은 하트퍼드에 있는 목사 조지프 트위첼과 그의 아내 하모니에게 이런 편지를 썼습니다.

처형 수지 크레인이 세상에서 가장 아름다운 서재를 지어 줬습니다. 지붕이 뾰족한 팔각형 서재인데, 벽마다 커다란 창문이 있죠. 멀리 푸른 언덕과 골짜기, 도시가 내려다보이는 가장 높은 데 자리 잡아 완전히 고립돼 있어요. 소파와 테이블, 의자 서너 개면 꽉 차는 아늑한 공간입니다. 멀리 계곡에 폭풍이 몰아치고, 언덕 위로 번개가 치며, 머리 위 지붕으로 비가 쏟아지는 그런 황홀한 순간을 상상해 보세요!

집에서 약 90미터 떨어진 오두막 서재는 전체 너비가 3.7미터 정도 됐으며, 글을 쓰는 동안 그가 가장 아끼던 반려동물들이 들락날락할 수 있도록 고양이 문도 있었습니다. 책상과 벽돌로 만든 벽난로도 있었지만, 화려하게 꾸민 곳은 아니었죠. 이 서재는 그의 회고록인 《미시시피강의 생활》에 언급된 것처럼, 트웨인이 젊은 시절 일했던 강배 조타실에 비유되기도 했습니다. 그는 브라운 박사 앞으로 이런 편지를 썼죠.

　"더운 날에는 서재 창문을 활짝 열고 종이를 벽돌로 눌러놔. 폭풍우가 몰아치는 가운데 나는 얇은 리넨 셔츠를 입고 글을 쓰지. 모든 소음에서 멀리 떨어져 있어."

　소설가 존 스타인벡은 트웨인이 지내던 이 안식처의 매력에 빠져 조이어스 가드Joyous Garde라는 자신의 육각형 집필실을 지었습니다.

마크 트웨인은 미시시피 강변의 항구 도시 해니벌에서 자랐다. 열두 살에 아버지를 잃고 견습 식자공, 미시시피강 수로 안내인, 광부, 신문기자 등으로 일했다. 미시시피에서의 경험을 바탕으로 쓴《톰 소여의 모험》과 후속작《허클베리 핀의 모험》이 큰 인기를 얻었다. 2년 동안의 구애 끝에 올리비아 랭던 클레먼스와 결혼했으며, 이때 약속한 대로 매년 랭던의 가족 별장인 쿼리농장을 찾았다.

환상적인 별장과
엄격한 루틴

이언 플레밍
Ian Fleming(1908~1964)

♀ 오라카베사만Oracabessa Bay의 별장 서재(자메이카)

소설가 스티븐 킹은《유혹하는 글쓰기》에서 작가의 뮤즈가 마법처럼 짠 나타나는 동화는 어디에도 없다고 했죠. "온갖 힘든 일을 모두 겪어야 한다"고 강조하면서요.

　제임스 본드를 탄생시킨 이언 플레밍이 자기 몫의 노동을 하기 위해 선택한 곳은 자메이카였습니다. 더 정확히 이야기하자면, 그에게 영감을 준 것은 오라카베사만(극작가이자 작곡가인 노엘 카워드의 사유지 파이어플라이가 있는 곳이기도 해요)에 있는 별장 골든 아이Golden Eye였어요. 그는 1946년 개인 소유의 해변과 암초가 딸린 부동산을 구입했습니다. 그리고 1952년부터 매해 1월에서 3월까지 이곳에서 지내며 '본드' 시리즈 작업에 몰두했죠. "자메이카에서 끝

자메이카에 있는 플레밍의 집필실은 집중하기 힘들 정도로 경치가 좋다.

내주는 고립 상태로 휴일"을 보내지 않았다면 그 책을 쓰지 못했을 거라고 말하기도 했어요.

구입 당시 골든아이에는 가구가 거의 없었습니다. 별장을 본 카워드가 병원 같다고 할 정도였죠. 플레밍은 방 귀퉁이에 있는 소박한 코너 데스크와 바큇살 모양 등받이가 달린 원목 의자에서 글을 썼습니다. 곁에는 소설 주인공 이름에 영감을 준 조류학자 제임스 본드가 쓴 《서인도제도의 조류 도감Field Guide of Birds of the West Indies》을 비롯해 그 지역 동식물에 관한 참고 서적들을 뒀습니다.

플레밍은 매일 아침 7시 30분에 일어나 맨몸으로 수영을 즐기고, 정원에서 아침 식사를 했습니다. 메뉴는 대부분 그가 가장 좋아하는 스크램블드에그와 블루마운틴 커피였죠. 9시쯤에는 서재로 가서, 유리 없이 가느다란 판자들을 가로질러 만든 루버 창을 닫아버렸습니다. 그러고 나서 화창한 바깥 풍경에 방해받는 일 없이 시원한 곳에서 글을 쓰기 시작한 거죠.

그는 정오까지 임피리얼Imperial 타자기로 2000단어 정도를 썼습니다. 손으로 쓰는 것보다는 여섯 손가락으로 타자를 치는 것이 덜 지친다고요. 점심 식사를 하고 나서 낮잠을 청했다가 오후 5시나 6시쯤 돌아와 퇴고는 하지 않고, 오전에 쓴 원고의 뒷부분을 이어 나갔어요. 다 쓴 원고는 책상 왼쪽 아래 서랍에 안전하게 보관했습니다. 그는 소설을 마무리하고 자메이카를 떠나는 날까지 매일 같은 일과를 보냈는데요. 이렇게 속도감 있게 써 나가는 자신의 단련된 방식에 자부심을 느꼈죠.

플레밍은 '본드' 시리즈의 시작을 알리는 《007 카지노 로열》을 불과 한 달 만에 완성하고, 뉴욕의 로열타이프라이터컴퍼니에서 만든 로열 콰이어트 디럭스 포터블Royal Quiet Deluxe Portable 도금 타자기를 장만했습니다. 자신에게 174달러나 하는 화려한 선물을 한 거예요. 새로 장만한 타자기로 《007 카지노 로열》을 수정하고 다음 권을 쓰기 시작했죠. 런던 그로브너 스퀘어에 있는 몰런드Morland에서 주문 제작한 담배를 쉬지 않고 피워 대며 A4 용지보다 조금 더 큰 폴리오 용지에 두 줄 간격으로 타자를 쳤습니다.

플레밍은 골든아이 같은 은신처를 구하기 힘든 작가들을 위해, 지금은 폐간된 잡지 《북스앤드북맨Books and Bookmen》의 1963년 5월호 〈스릴러 쓰는 법〉이라는 칼럼에서 이렇게 조언했습니다.

우리의 일상 '생활'에서 가능한 멀리 떨어진 호텔 방을 추천합니다. 익명성이 보장되는 단조로운 환경과 친구나 방해물이 없는 낮선 장소는 순식간에 글을 쓸 수 있는 분위기로 빠져들게 도와주죠. 만약 경제적 여유가 없다면, 전심전력을 다해 더 빨리 글을 쓰게 될 겁니다.

이언 플레밍은 런던에서 태어나 이튼칼리지를 거쳐 독일 뮌헨대학을 졸업했다. 신문기자, 주식 중매인으로 일하다가, 2차 세계대전이 일어나자 영국 해군정보국에서 복무했다. 그 후 《선데이타임스》를 발행하는 켐슬리뉴스Kemsley News에 입사했다가 그만두고, 자메이카 별장에서 '본드' 시리즈를 쓰기 시작했다.

영감을 주는 명언이
새겨진 탑

미셸 드 몽테뉴
Michel de Montaigne(1533~1592)

♥ 도르도뉴주 생미셸드몽테뉴의 탑(프랑스)

에세이가 품위 있는 문학 장르로 자리 잡는 데 큰 역할을 한 프랑스 작가이자 철학가, 정치가인 미셸 드 몽테뉴는 자신만의 집필실을 갖는 것이 얼마나 중요한지 잘 알았죠. 다음과 같은 글을 쓴 적도 있어요.

"혼자만의 시간을 보내며 자기 마음을 달래고 숨을 수 있는 공간이 집에 없는 자에게 애석한 마음이 든다."

몽테뉴가 혼자 시간을 보냈던 공간은 프랑스 도르도뉴에 있는 그의 성에 딸린 탑 3층에 위치한 커다란 서재였습니다. 1571년 서른여덟 살에 자진해 은퇴하고 난 뒤 서재는 그가 가장 좋아하는 장소가 됐죠. 추운 날에는 벽난로가 있는, 서재에 딸린 협실에서 글을 쓰

몽테뉴는 성경과 고대 그리스·로마 작가들의 문장에서 많은 영감을 받았다.

기도 했습니다. 이 협실에는 〈파리스의 심판〉과 〈비너스와 아도니스〉, 그리고 해안과 시골 생활을 담은 풍경 등 다양한 벽화가 그려져 있었어요. 그는 이 공간을 자유, 평온, 여가를 즐길 수 있는 곳이라고 설명했죠.

협실보다 더 넓은 원형 공간인 서재에서 몽테뉴는 집안의 가보, 남아프리카에서 춤을 출 때 쓰는 막대와 장신구와 목검 등 그가 흥미롭게 여겼던 여러 물건들에 둘러싸여 삶에 대한 자신의 생각을 글로 남겼어요. 서재에는 창이 많아서 그 너머로 아름다운 주변 풍경을 감상할 수도 있었죠. 창이 없는 자리에는 다섯 칸짜리 곡선형 책장들이 벽을 따라 주욱 늘어서 있었고, 여기에 몽테뉴 개인 장서 1000여 권이 빼곡하게 꽂혀 있었죠. 천장 들보에는 그에게 영감을 주는 글들이 새겨져 있었습니다.

오늘날 작가들이 용기를 북돋아 주는 명언을 책상 앞에 적어 놓거나 모니터에 포스트잇으로 붙여 놓는 것을 생각해 보세요. 몽테뉴도 자신에게 큰 영향을 준 여러 고전 중에서 가장 좋아하는 문장들을 골라 거의 모든 천장 들보에 썼어요. 가끔 마음이 바뀌면 새로운 격언을 적기도 하고요. 고대 그리스 스토아 철학가인 에픽테토스의 명언, 로마 시인 호라티우스의 시, 성경 중 특히 《전도서》 구절을 주로 인용했는데요. 원문을 있는 그대로 가져오는 대신 요약하거나 의역한 문장을 썼습니다. 이 명언들은 몽테뉴의 에세이에도 자주 등장해요. 그가 서 있거나 이리저리 걸음을 옮기며 생각을 말하면, 비서가 책상에 앉아 이를 받아 적었답니다.

동기를 부여해 주는 다른 많은 명언들처럼, 몽테뉴가 인용한 문장들도 모든 사람에게 영감을 줍니다. 예를 들면 박물학자이자 해군 사령관이었던 플리니우스가 1세기에 쓴 문장처럼요. "단 한 가지 확실한 진실은 어떤 것도 확실하지 않으며, 인간보다 비열하고 오만한 존재는 없다는 사실이다Solum certum nihil esse certi, et homine nihil miserius aut superbius."

    이 문장 옆에는 기원후 210년에 세상을 떠난 철학자 섹스투스 엠피리쿠스가 그리스어로 남긴 문장이 있습니다. "그것은 가능하지만 가능하지 않다."《잠언서》의 한 문장도 있습니다. "스스로 지혜로운 체하는 사람을 보았는가? 차라리 그보다는 미련한 자에게 희망이 있다."

    영국 시인 제프리 그릭슨은 몽테뉴의 집필실과 그 주변 환경에 깊은 감명을 받아 1984년에《몽테뉴의 탑과 다른 시들Montaigne's Tower and Other Poems》이라는 시집을 발표하기도 했습니다. 여기서 그릭슨은 탑을 "온화함과 지혜로움"의 장소라고 노래했죠.

미셸 드 몽테뉴는 16세기 프랑스 르네상스 최고의 교양인, 사상가, 철학자다. 프랑스 남부 몽테뉴성에서 태어났다. 법학을 공부하고 보르도고등법원 심사관으로 일하다 아버지의 뒤를 이어 영주가 됐다. 서른여덟 살에 은퇴하고 자신만의 서재에서《에세》를 썼다. 이는 특별한 형식에 얽매이지 않고 다양한 주제에 대해 자유롭게 글을 쓰는 에세이라는 장르의 기원이 됐다.

반려동물이
건네는 위안

이디스 워튼
Edith Wharton(1862~1937)

♀ 매사추세츠주 레녹스Lenox 자택 침실(미국)

미국 소설가 이디스 워튼의 공식 홍보 사진을 보면, 아주 잘 갖춰진 서재에서 금테를 두르고 가죽으로 마무리된 책상에 꼿꼿이 앉아 글을 쓰는 모습이 저절로 떠오르죠. 하지만 이는 그저 오해일 뿐입니다. 실제로 워튼은 침대에서 글을 쓸 때 가장 창의적이고 편안하다고 밝혔어요.

　워튼은 타자기도 써 봤지만, 잉크병을 놓을 수 있도록 세심하게 만들어진 문서 받침대에서 손으로 쓰는 편을 훨씬 선호했습니다. 보통 오전 11시나 정오까지 글을 썼고, 다 쓴 원고는 바닥으로 조심스럽게 떨어뜨리는 습관이 있었어요. 그가 글을 쓰는 동안에는 아무도 그 방에 들어갈 수 없었기 때문에 나중에 하인들이 와서 바닥

워튼은 방해받지 않으려고(그리고 사랑하는 반려동물과
가까이 있으려고) 침대에서 글을 썼다.

에 있는 원고를 주웠죠. 그의 비서이자 전 가정교사였던 애나 발만이 원고를 받아 타이핑했고요.

워튼은 침대에 전부 늘어놓고 일하는 것을 "부끄러운 습관"이라고 했어요. 자서전《뒤돌아보며 A Backward Glance》에서는 친구네 집에 머물 때 침대에서 실수로 잉크병을 쓰러뜨리는 바람에 종이에 몇 방울 튀는 정도가 아니라 침대 시트가 검게 물들어 버린 적이 있다고 털어놨어요(집주인에게 말하지 말아 달라고 가정부에게 부탁했대요). 그러면서 "잉크스탠드와 찻잔은 절대 엎어질 정도로 가득 채우면 안 된다"고 했죠.

워튼은 인테리어 지식도 풍부하고 경험도 참 많았습니다. 매사추세츠주 레녹스에 방이 마흔 두 칸이나 있는 저택, 더마운트 The Mount를 직접 꾸미기도 했죠. 이때 조용히 글을 쓰려고 자신의 침실과 거실을 서재 위쪽으로 배치했다고 해요. 1897년에는 이런 지식과 경험을 담아《집 꾸미기 Decoration of House》라는 책을 출간했습니다. 당시에 큰 성공을 거뒀던 이 책은 놀랍게도 지금까지 판매되고 있답니다.

워튼은 자서전에서 "내가 계속 글을 쓰려면 지켜야 했던 사소한 의무들로부터 벗어날 자유를 줬기 때문에" 집은 그가 글을 쓰는 데 매우 중요한 요소였다고 회고했습니다. 침대에서는 편히 있을 수 있고(다른 사람이 없으면 코르셋이나 몸을 죄는 옷을 입지 않아도 되죠), 글을 쓸 때 어느 누구의 방해도 받을 필요가 없으니까요. 친구이자 유저遺著 관리인인 가야드 랩슬리에 따르면, 워튼은 침실에서 "소매

가 헐렁하고 목이 조이지 않으며 레이스가 달린 얇은 실크 가운과 전등 갓 가장자리처럼 눈썹과 귀까지 떨어지는 레이스가 달린, 마찬가지로 실크 소재의 모자”를 착용했다고 해요.

워튼의 방식은 확실히 효과적이었습니다. 1971년에 국가 유적지로 지정된 더마운트에서 1905년에 큰 인기를 얻은 소설《기쁨의 집》뿐만 아니라《이선 프롬》을 비롯한 많은 성공작들을 써 냈으니까요.

워튼의 루틴은 집밖에서도 변함이 없었습니다. 그가 가장 좋아하는 것 중 하나가 여행이었는데, 호텔 객실에 있는 가구 위치에도 까다로웠기 때문에 직원들은 워튼이 오전에 글을 쓸 수 있도록 가구를 새로 배치해야 했어요.

침대 외에도 마법 같은 힘을 발휘하는 존재가 또 있었습니다. 워튼은 자신이 사랑하던 강아지들을 가까이 두고 글을 썼는데요. 그가 일하는 동안 강아지들은 침대 위에 펼쳐진 책, 신문, 편지 들 사이에 자리를 잡고 편히 쉬었어요. 많은 작가들처럼 그도 평생 반려견을 매우 아꼈는데, 점점 나이가 들면서 자신이 키우던 링키 Linky와 같은 페키니즈를 더 좋아하게 됐죠(1937년 링키가 세상을 떠나고 넉 달 뒤에 워튼도 세상을 떠났습니다).

워튼은 반려견들 덕분에 힘든 결혼 생활과 이혼, 신경 쇠약 등 인생의 여러 고난을 이겨 낼 수 있었다고 했어요. 집에 반려견 묘지까지 만든 것을 보면 그가 반려견들을 얼마나 아꼈는지 충분히 짐작이 갑니다.

이디스 워튼은 뉴욕의 부유한 상류층 가정에서 태어나 유럽 각지를 돌아다녔다. 가정교사에게 교육을 받았으며, 아버지의 서재에서 문학, 철학, 종교 서적을 탐독했다. 애정 없는 결혼으로 심각한 신경쇠약을 앓았다. 병을 치료할 겸 장기간 유럽을 여행하던 중 발표한 《환락의 집》으로 유명해졌다. 1920년에 발표한 《순수의 시대》로 퓰리처상을 수상했다.

작가와 반려동물

노르웨이의 자서전 작가인 칼 오베 크네우스고르는 가족이 키우는 반려견 때문에 2년 동안 작품을 쓰지 못했다고 했습니다. 하지만 작가이자 일러스트레이터인 에드워드 고리가 고양이 여섯 마리가 올라와 있는 책상에서 그림을 그리는 것처럼, 많은 작가들이 집필실에 오는 반려동물을 반겼습니다.

◆ **밥스**Bobs 폭스테리어. 아동 문학가 이니드 블라이튼Enid Blyton이 잡지 《교사의 세계Teacher's World》에 가정생활에 대한 칼럼을 기고하도록 영감을 줬죠(1935년에 밥스가 죽은 뒤에도 칼럼은 10년 더 연재됐습니다).

◆ **바운스**Bounce 그레이트데인. 영국 시인이자 비평가인 알렉산더 포프의 발밑에서 편히 쉬다가, 함께 산책할 때는 시인을 보호했어요.

◆ **카타리나**Catarina/Catterina 삼색 얼룩 고양이. 에드거 앨런 포가 단편 〈검은 고양이〉를 쓸 때 영감을 줬죠. 포가 글을 쓰는 동안, 그의 어깨에 앉아 있었어요.

◆ **데피**Daffy 회색 얼룩 고양이. '빨간 머리 앤' 시리즈를 쓴 루시 모드 몽고메리는 데피에게 자신의 원고를 읽어 줬습니다.

◆ **롤라**Lola 까마귀. 트루먼 커포티가 쓰던 단편의 첫 페이지를 아무도 찾을 수 없는 데 숨겼어요!

◆ **루아스**Luath 흰색 랜드시어 뉴펀들랜드. J. M. 배리는 《피터 팬》을 쓸 때 루아스를 보며 아이들을 돕는 강아지 나나를 생각해 냈어요.

◆ **스프라이트**Sprite 고양이. 빌 워터슨Bill Watterson이 개구쟁이 캘빈과 캘빈 이 있을 때만 살아 움직이는 호랑이 인형 홉스가 나오는 만화 〈캘빈과 홉 스Calvin and Hobbes〉를 그릴 때 많은 도움을 줬죠.

◆ **타키**Taki 검은색 페르시아고양이. 레이먼드 챈들러의 무릎과 타자기, 원 고 위에 앉길 좋아했어요.

◆ **토비**Toby 아이리시 세터. 존 스타인벡이 정말 사랑했는데, 안타깝게도 《생쥐와 인간》의 초고를 절반이나 먹어 버렸대요.

시나리오 작가이자 소설가인 올더스 헉슬리는 인간과 고양이가 닮은 점이 꽤 많다고 믿었습니다. 그래서 작가 지망생들에게 인간 심 리에 대한 통찰을 얻고자 한다면 샴고양이 한 쌍을 데려와 보살피면 서 그들의 행동을 관찰하고 기록해 보라고 조언했어요.

추억과 개성이
가득한 공간

Rooms of
Their Own

그들을 웃기고, 울리고, 기다리게 만들어라.

찰스 디킨스

돈 때문에 글을 써선 안 된다.
당신이 무언가를 하는 게 너무 좋아서 글을 써야 한다.
돈을 위해 쓴다면 읽을 가치가 있는 글을 쓰지 못할 것이다.

레이 브래드버리

추억에 둘러싸여
글을 쓰는 동화 작가

로알드 달
Roald Dahl(1916~1990)

📍 버킹엄셔주 그레이트미센든Great Missenden의
오두막(영국)

로알드 달은 버킹엄셔주 자택 정원 한편에 벽돌로 지은 오두막에서 그 자신과 자녀들, 손주들의 어린 시절 추억에 둘러싸여 글을 썼습니다. 그가 쓴 작품들은 지금도 전 세계 어린이들, 그리고 어른들에게 큰 사랑을 받고 있죠.

이 오두막은 달의 친구이자 건축업자인 윌리 손더스가 지어 줬어요. 달은《내 친구 꼬마 거인》을 쓸 때 손더스의 외모에서 많은 영감을 받았다고 해요.

오두막에서 달은 오래된 파커놀Parker Knoll 안락의자에 앉아, 녹색 모직 천을 깐 판자를 의자 팔걸이에 걸쳐 놓고 글을 썼습니다. 의자 주위에는 그의 엉덩뼈 조각부터 오래된 말보로 담배꽁초가 그

달의 색다른 집필실은 그의 인생과 작품을 기리는 박물관에서 가장 인기 있는 볼거리다.

득한 재떨이, 쓰레기를 비우지 않고 그대로 둔 휴지통까지, 말 그대로 인생의 잡동사니와 쓰레기를 여기저기 늘어놨죠. 달은 2차 세계대전에 참전했다 크게 다쳐 수술을 여러 번 받아야 했는데, 이때 잘라 낸 뼈를 기념으로 간직했대요.

달은 이 자리를 "작은 보금자리"라고 불렀어요. 의자에서 일어나지 않아도 되도록 손이 닿는 거리에 노란 연필 여섯 자루를 꽂은 연필꽂이, 노란색 리걸패드, 커피를 담은 보온병, 아주 위험해 보이는 히터까지 놔둬서, 마치 집 안에 만든 조종석 같았답니다. 그는 매일 아침 이 의자에 몸을 쏙 집어넣었죠.

또 그가 2차 세계대전 때 영국 공군에 있는 동안 조종했던 타이거 모스 전투기 사진과 여러 허리케인 기종 모형들, 1940년에 탑승하던 중 리비아사막에 추락한 글로스터 글래디에이터의 모형 등 그의 조종사 시절을 추억하는 물건들로 오두막을 장식했습니다.

달은 이 오두막에 거의 아무도 들이지 않았어요. 아이들에게는 오두막에 늑대들이 있어서 들어갈 수 없다고 했죠. 그러나 사실 오두막은 어린 시절로 돌아가는 그만의 공간이었습니다. 실제로 달은 이런 말을 남겼죠.

"나는 그곳에서 불과 몇 분 만에 여섯 살, 일곱 살, 여덟 살 아이로 돌아갈 수 있다."

달은 의자에 앉으면 아이들 사진들에 둘러싸이도록 오두막을 꾸몄습니다. 의자에 앉은 채 고개를 오른쪽으로 돌리면, 임시로 붙여 둔 폴리스티렌 단열재에 클립으로 꽂은 사진들과 기념품들이 가

그의 일생이 담긴 물건들이 달의 "보금자리"를 둘러싸고 있다.

득했습니다. 가장 눈에 잘 띄는 자리에는 가족사진이 여러 장 자리 잡고 있었습니다. 배우였던 첫 번째 아내 퍼트리샤 닐과 두 딸 오필리아와 테사의 사진, 아들 테오와 1962년 홍역 뇌염으로 일곱 살에 세상을 떠난 딸 올리비아의 사진도 있었죠. 손녀 소피가 네 살 때 그린 그림과 막내딸 루시가 그린 그림, 그리고 달이 어린 팬들과 함께 찍은 사진들도 곳곳을 장식했습니다.

달이 다녔던 기숙학교이자 자전 소설《소년》의 배경이 된 랩턴 스쿨에서 온 엽서도 많았어요. 학창 시절에 쓰던 달의 이름이 새겨진 옷솔도 있었는데, 그는 매일 아침 일하기 전 이 옷솔로 책상 먼지를 쓸곤 했답니다. 휴가 중 프랑스에서 만난 소녀가 건넨 작별 쪽지 같은 것들도 소중히 보관했어요.

의자 옆 테이블에는 버킹엄셔주에 있는 그의 집 시하우스Gipsy House에서 손자 루크의 네 번째 생일에 찍은 사진, 손녀 소피와 포옹하는 사진이 놓여 있었습니다. 호주의 한 소년이 보내 준 오팔이 박힌 돌과 어린 시절 노르웨이에서 보냈던 행복한 휴가를 떠올리게 하는 솔방울도요.

달은 이렇게 오두막에 자신의 모든 딸과 아들에 대한 기념품을 장식해 뒀습니다. 그중에서도 특히 생생하게 숨결이 느껴지는 아이는 바로 올리비아입니다. 달은 화가 어밀리아 쇼 헤이스팅스Amelia Shaw Hastings가 파스텔로 그린 올리비아의 초상화를 의자 맞은편에 걸어 두고, 매일 글을 쓸 때마다 딸의 얼굴을 바라봤어요. 의자 뒤편에는 올리비아가 행복하게 웃는 사진이 56장이나 있었고요. 추운 날 덮던 타탄 무늬 무릎 덮개에도 올리비아의 이름표가 붙어 있었습니다.

달은 자신의 오두막에 대해 이렇게 썼습니다.

이 오두막에 있을 때 나는 글을 쓰고 있는 종이만 보인다. 내 마음은 윌리 웡카나 제임스, 미스터 폭스, 대니, 그 밖의 모든 상상 속

캐릭터들과 함께 멀리 떠난다. 공간 자체는 전혀 중요하지 않다. 그곳은 엄마의 자궁처럼 부드럽고 고요하고 어두우며, 바람에 휘파람을 불고 꿈을 꾸며 부유하는 곳이다.

달이 세상을 떠나고 20년 뒤인 2012년, 달의 오두막은 먼지 한 톨 남기지 않고 로알드달박물관으로 옮겨졌습니다.

로알드 달은 1880년대에 영국으로 이주한 노르웨이인 부모에게서 태어났다. 랩턴스쿨을 졸업하고, 대학에 진학하는 대신 영국 석유 회사 쉘의 아프리카 지사에서 근무했다. 2차 세계대전이 발발하자 공군에 입대해 전투기 조종사로 복무했다. 아동 문학, 성인 문학, 공포, 추리, 판타지, 시뿐 아니라 영화와 텔레비전 시리즈물의 시나리오 작업도 했다.

집필실을 설계하는 즐거움

찰스 디킨스
Charles Dickens(1812~1870)

📍 켄트주 하이엄의 개즈힐플레이스Gad's Hill Place에 지은 샬레와 런던 집들(영국)

찰스 디킨스가 쓴 작품이나 편지를 읽어 보면, 그가 집이라는 개념을 얼마나 중요시했는지, 또 글을 쓰는 곳이면 어디든 주변 환경에 얼마나 신경을 썼는지 알 수 있습니다. 그는 해외에 갈 때마다 자개로 장식된 휴대용 자단나무 문구함을 챙겼어요. 집을 떠나 있을 때도 집을 떠올릴 수 있는 한 가지를 갖고 다닌 거죠. 영국에 있을 때는 켄트주 개즈힐플레이스, 런던의 타비스톡하우스Tavistock House와 다우티가Doughty Street 자택에 있는 집필실과 서재 인테리어에 열을 쏟았답니다.

다우티가 자택은 현재 찰스디킨스박물관이 됐는데요. 디킨스가 개즈힐에서 《위대한 유산》과 《에드윈 드루드의 비밀》을 집필할

개즈힐플레이스의 서재. 이 저택은 지금 학교가 됐다.

때 썼던 책상을 이곳에서 영구 전시하고 있습니다. 디킨스의 후손이 병원 기부금 마련을 위해 경매로 내놨던 것을 후에 박물관이 다시 사들였다고 해요.

디킨스는 집필 공간을 비롯한 집 전체를 자신이 바라는 대로 설계하고 장식하며 모든 측면에 깊은 관심을 쏟았는데요. 가족이 키우던 까마귀 그립이 죽었을 때는 흔치 않은 결과물을 낳기도 했습니다. 전문가에게 부탁해 그립을 박제해서는 멋진 틀에 넣어 책상 위쪽에 걸어 뒀거든요. 현재 까마귀 그립은 필라델피아 중앙도서관 희귀 서적 코너에서 지내고 있습니다.

디킨스는 또 좋아하는 제본 기술자인 토머스 일스에게 부탁해 가짜 책등을 꽂은 모조 책장을 만들어, 타비스톡하우스와 개즈힐플레이스에 가져다 뒀습니다. 이 가짜 책등에 적힌 제목들을 보자면 《중국에서의 5분》 총 3권, 《고양이들의 삶》 총 9권처럼 대부분 재미로 지은 것들이었어요. 《메그의 전환》처럼 조금 더 개인적인 제목도 있었고요. 《메그의 전환》은 디킨스가 지은 자전소설 《데이비드 코퍼필드》의 초기 가제입니다.

가장 흥미로운 집필 공간은 개즈힐에 있는 샬레였습니다. 프랑스 배우 찰스 페히터가 크리스마스에 선물한 2층짜리 조립식 스위스 샬레로, 100개에 가까운 조각이 화물 상자 58개에 담겨 기차역으로 배송됐죠. 디킨스는 평소에도 직접 조립하는 것을 좋아했어요. 집필실로 쓸 샬레 역시 몇몇 친구들과 함께 직접 만들겠다고 나섰다가 결국 패배를 인정하고, 런던 라이시엄극장 무대 장치 담당

안타깝게도 샬레는 대대적인 보수가 필요한 상황이다.

자를 불러 완성시켰습니다. 어쩌면 그가 실패한 까닭이 설명서가 온통 프랑스어였기 때문일지도 모르겠지만요.

대부분의 집필실과 달리, 디킨스의 샬레는 자택 마당이 아닌 집 맞은편에 있는 그의 소유지에 자리를 잡았습니다. 샬레에서는 멀리 템스강이 보여, 디킨스는 지나가는 배들을 구경하려고 망원경도 설치했어요. 또 집과 샬레를 오갈 때 교통 정체에 휘말리거나 진흙에 빠지지 않기 위해 지하 터널을 직접 설계해 만들었습니다.

디킨스는 1865년부터 1870년 세상을 떠날 때까지 샬레 2층 서재에서 《두 도시 이야기》 《우리가 서로 아는 친구Our Mutual Friend》 등을 썼습니다. 그는 이 서재에 거울을 아주 많이 달라고 지시했는데요. 방을 밝히기 위해서이기도 했지만, 낭독회를 준비할 때 자기 모습을 살펴보고 싶은 마음도 있었을 거예요.

1872년, 존 포스터John Forster는 디킨스의 전기를 쓰면서 사위 찰스 콜린스가 장인이 책상에 뒀던 물건들에 대해 해 준 이야기를 인용했습니다.

책상에는 프랑스제 청동 조각상이 하나 놓여 있었다. 검으로 결투를 벌이는 아주 뚱뚱한 두꺼비 한 쌍이었다. 그 옆에는 작은 애견가 조각상, 뒷다리로 서 있는 토끼와 금박을 입힌 기다란 잎, 그가 낭독회에서 쥐고 있던 커다란 종이칼이 있었다. 황화구륜초의 꽃과 잎으로 장식된 작은 녹색 컵에는 매일 아침 싱싱한 꽃이 꽂혀 있었다.

디킨스는 항상 오전 9시부터 오후 2시까지 글을 썼습니다. 그 후에는 아주 긴 산책을 즐겼죠. 또 편지 쓸 때를 빼고는 종이의 한쪽 면에만 주로 깃펜으로 글을 썼고요. 처음에는 검은색 잉크를 즐겨 썼지만, 1843년부터는 더 빨리 마르는 파란색 종이와 파란색 잉크를 사용했습니다.

찰스 디킨스는 열두 살 때부터 공장에 가야 할 정도로 집안 형편이 어려웠다. 변호사 사무소 사환, 법원 속기사를 거쳐 스무 살에 신문기자가 됐다. 1833년 잡지에 투고한 단편이 실리면서 작가 활동을 시작했고, 《올리버 트위스트》로 작품성과 대중성을 모두 인정받았다. 이후 활발하게 작품을 발표하는 한편 잡지사 경영, 자선사업, 낭독회 등 다방면에서 활약했다.

서서 일하는
침실

어니스트 헤밍웨이
Ernest Hemingway(1899~1961)

📍 아바나 자택 침실(쿠바)

어떤 비평가들은 지난 10년 동안 스탠딩 데스크를 쓰는 사람들이 늘긴 했지만 일시적인 유행일 뿐이라고 이야기합니다. 그런데 자세히 살펴보면 많은 작가들이 서서 일하는 것을 선호했어요. 그중에서도 제일은 어니스트 헤밍웨이가 아닐까 합니다. 1954년 두 차례나 비행기 추락 사고를 당해 오래 앉아 있기 힘들어지기 전부터 서서 일하는 걸 좋아했으니까요.

아내 메리가 생일 선물로 쿠바에 있는 저택 핑카비히아^{Finca} Vigía에 4층 탑을 지어 줬지만, 그는 북적북적한 집안 분위기가 느껴지는 침실에서 더 자주 글을 썼어요. 이곳에서《누구를 위하여 종은 울리나》《파리는 날마다 축제》《노인과 바다》등이 탄생했죠.

헤밍웨이는 직접 사냥한 커다란 짐승들로 침실을 장식했다.

혜밍웨이는 침실에서 작업할 때면 벽에 붙여 둔 책장을 책상처럼 썼습니다. 가슴 높이까지 오는 책장 위에 타자기를 두고, 그 옆에는 책들과 종이 더미를 쌓아 놨죠. 작업량을 기록하는 차트도 가까이에 뒀는데, 하루에 500단어씩 성실하게 쓰는 것이 목표였습니다. 《해는 다시 떠오른다》를 쓸 때는 하루에 거의 2000단어를 썼대요.

침실은 혜밍웨이의 개성이 드러나도록 꾸며졌어요. 직접 사냥한 가젤의 머리를 박제해 벽에 걸고, 옷장 위에 표범 가죽을 올려놨죠. 우드 비즈로 만든 기린, 심벌즈를 든 원숭이, 미 해군 복엽기 모형 등 온갖 잡동사니를 둔 선반도 있었어요. 책상도 있었지만, 전기 작가 에런 하치너Aaron Hotchner가 《파파 혜밍웨이: 사적인 회고록 Papa Hemingway: A Personal Memoir》에서 밝혔듯 혜밍웨이는 거기에 앉은 적이 없어요. 하치너는 그가 책상에 뭘 놔뒀는지도 소개했습니다.

- ✦ 고무줄로 분류해 놓은 편지 꾸러미, 투우 잡지, 신문 기사 스크랩
- ✦ 육식 동물들의 이빨
- ✦ 태엽이 풀린 시계 두 개
- ✦ 구둣주걱
- ✦ 오닉스로 만든 연필꽂이에 꽂힌 잉크 없는 만년필
- ✦ 일렬로 세운 목각 얼룩말, 혹멧돼지, 코뿔소, 사자
- ✦ 사자 봉제 인형
- ✦ 여러 가지 여행 기념품
- ✦ 산탄총 총알들

헤밍웨이는 보통 동이 트는 이른 아침, 그러니까 오전 6시 30분 경부터 글을 쓰기 시작했습니다. 반려견인 검은색 스프링어 스패니얼이 따라올 때도 있었죠. 그는 "여긴 방해할 사람이 아무도 없다. 처음엔 서늘하거나 춥지만, 글을 쓰다 보면 몸이 따뜻해진다"라고 말했습니다. 항상 로퍼를 신고, 영양 가죽으로 만든 러그 위에 서 있었어요.

정오쯤 배가 고파지면 글쓰기를 중단하지만, 다음 날 어디서부터 시작하면 되는지는 이미 머릿속에 있었어요. 아이디어가 떠올랐는데 다음 날 다시 작업을 시작할 때까지 기다리기가 여간 힘든 게 아니라고 털어놓기도 했죠.

점심을 먹고 나면 개인 수영장에서 수영을 하거나 산책을 했습니다. 술을 한잔할 때도 있었고요. 헤밍웨이는 술을 잘 마시는 것으로 유명하지만, 글을 쓰는 동안에는 절대 술을 입에 대지 않았대요. 또 일요일에는 여간해선 글을 쓰지 않았는데, 그러면 좋지 않은 일이 생길 거라고 믿었기 때문이죠.

헤밍웨이는 책상 대신 쓰는 책장에 독서대를 올려놓고, 아주 얇고 부드러운 용지에 연필로 글을 썼습니다. "HB 연필 일곱 자루가 다 닳도록 글을 쓴 날은 일을 제대로 한 날"이라고 고백했죠. 작업이 순조로운 날, 특히 대화 부분은 연필 대신 타자기로 작업했어요. 그는 평생 코로나Corona 여러 대, 휴대용 무소음 언더우드Underwood, 로열 콰이어트 디럭스 등 여러 타자기를 썼습니다.

어니스트 헤밍웨이는 사냥꾼이며 모험가 기질이 강했던 아버지를 닮아 낚시, 사냥, 투우 등을 즐겼다. 1차 세계대전 중에는 이탈리아에서 구급차 운전병으로 복무했으며, 휴전 후에도 《토론토스타》 특파원으로 그리스-터키 전쟁을 보도했다. 이후 파리에서 유명 작가들과 어울리며, 본격적으로 소설을 쓰기 시작했다. 1954년 《노인과 바다》로 퓰리처상과 노벨 문학상을 수상했다.

신성한 공간
'카시타'

이사벨 아옌데
Isabel Allende(1942~)

📍 캘리포니아주 샌러펠의 자택 집필실(미국)

칠레에서 군사 쿠데타가 일어나자, 이사벨 아옌데는 조국을 떠나 베네수엘라의 수도 카라카스로 향했습니다. 이곳 아파트 부엌에서 첫 책《영혼의 집》을 써 내려갔죠. 낮에는 기자 등으로 일하다가 저녁 식사까지 준비하고 나서 늦은 저녁이 되어서야 타자기 앞에 앉았어요. 첫 책을 발표한 뒤에도 개조한 작은 옷방에서, 커피숍에서, 자동차에서, 그 밖의 여러 곳에서 많은 작품을 썼답니다.

2001년, 아옌데는 샌프란시스코만이 내려다보이는 캘리포니아주 샌러펠에 집을 지었습니다. 뒷마당 수영장 옆에는 화장실 딸린 별채로 쓸 작정으로 '카시타(작은 집)'도 지었는데요. 2016년에 이혼하면서 집을 팔기 전까지, 여기에서 수많은 작품을 썼답니다.

1월 8일에 새 소설을 쓰기 시작하는 아옌데의 "신성한 공간".

카시타는 아무나 들어갈 수 없는, 심지어 함부로 청소도 할 수 없는 아옌데만의 "신성한" 공간이었습니다. 30초면 다른 세상으로 출근할 수 있었죠. 아무도 자신을 방해하지 못하도록 전화나 인터넷도 놓지 않았어요. 고요한 분위기에서 오직 글쓰기에만 집중하는 이 순간은 마치 명상을 하는 것 같았다고 해요.

엄격한 방문자 금지 규칙이 풀리는 것은 아옌데가 오랫동안 참여해 온 '만성 우울증 자매들Sisters of Perpetual Disorder' 정기 모임 때뿐이었습니다. 여성들로만 이루어진 이 기도회에서는 수십 년째 격주에 한 번씩 만나 모두가 속마음을 터놓고 대화하며 서로에게 힘이 되어 주었어요.

카시타에는 비즈를 담은 상자처럼 의미 있는 물건들도 있었습니다. 아옌데는 주얼리 공예에 푹 빠져 있어서, 글을 쓰다가 막히면 머리를 비우고 피로를 덜기 위해 비즈 공예를 했어요.

1994년, 아옌데는 소설 《파울라》를 발표했습니다. 일찍 떠나보낸 딸 파울라에 대한 이야기였죠. 그는 카시타 한편에 파울라를 임신했을 때 직접 만든 봉제 인형 두 개를 장식해 뒀습니다. 자신이 혼인 증명서에 서명하는 사진 옆에는 파울라가 아기 적 신었던 하얀 신발 한 켤레를 놔뒀고요. 어머니가 보낸 수많은 편지도 옷장에서 꺼내 이곳에 가져다 놨답니다. 이런 사진들과 작업물의 흔적들이 글을 쓰는 동안 자신에게 큰 힘을 준다고 느꼈거든요.

집필실에 있는 책은 모두 아옌데가 고르고 고른 것들입니다. 사전들은 책상 위에 두고요. 책장에는 자신이 발표한 모든 책의 초판

본과 모든 번역본을 한 권씩 꽂아 두었습니다. 칠레의 시인이자 정치가인 파블로 네루다의 작품들과 할아버지가 선물해 준 스페인어 판 셰익스피어 작품들도 있습니다.

아옌데는 꼭 1월 8일에 새 작품을 쓰기 시작하는데요. 1월 8일에 임종을 앞둔 할아버지께 편지를 쓴 뒤로, 이날은 그에게 "신성한 날"이 됐거든요. 참고로 이때 할아버지께 쓴 편지는 첫 작품《영혼의 집》의 밑거름이 됐답니다. 또 지금은 컴퓨터로 글을 쓰지만, 그때를 기억하기 위해 당시에 썼던 타자기를 책상에 올려뒀죠.

1월 8일에는 하루를 일찍 시작합니다. 개들을 산책시키고 명상을 한 다음 차를 한잔 마시죠. 세이지와 초를 태우며, 자신에게 영감을 줄 조상들과 파울라에게 새 작품을 잘 쓰게 해 달라고 기도해요. 그 전날, 그러니까 1월 7일에는 새 그림을 그리기 위해 팔레트를 깨끗하게 닦듯 새로 쓸 작품을 위해 관계없는 잡동사니를 싹 치워 버립니다. 이전 작품을 쓸 때 참고했던 책들은 모두 기부하고요.

집필 기간에는 월요일부터 토요일까지 매일 개를 산책시키고 운동과 명상을 한 다음 아침 8시 30분부터 저녁 7시까지, 오후에 산책을 한 번 나갔다 오는 것 말고는 쭉 책상에 앉아 글을 씁니다. 보통 5월쯤 초고를 완성할 때까지 이 루틴을 유지해요..

이사벨 아옌데는 전 세계에서 가장 널리 읽히는 스페인어 작가이다. 개인적인 경험과 역사적 사건을 기반으로 여성의 삶을 그려 왔다. 대통령이었던 삼촌이 쿠데타로 실각하고, 어머니와 계부뿐 아니라 자신까지 암살 위험에 처하자 베네수엘라로 망명해 기자 등으로 일했다. 1988년 책 홍보 여행 중 두 번째 남편을 만나 미국 캘리포니아에 자리를 잡았다.

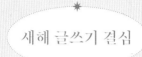

새해 글쓰기 결심

여느 사람들처럼 작가들도 한 해를 더 잘 보내기 위해 1월에 새해 목표를 세웁니다. 17세기 영국의 정치가 새뮤얼 피프스는 1660년 1월 1일에 그 유명한 일기를 쓰기 시작했습니다. 이 사실 자체가 새해 다짐과 놀라울 정도로 비슷한 면이 있죠. 그는 '서약'을 적은 작은 책을 갖고 다니며, 그 내용대로 지키려 애썼어요. 일기는 매일 빠짐없이 썼지만, 1661년 12월 31일에 "나는 연극과 포도주를 삼가기로 엄숙하게 맹세한다"고 쓴 것을 비롯해 여러 서약을 지키지 못했습니다.

영국의 비평가 새뮤얼 존슨도 1753년 연례 신년 기도에서 지난한 해 동안 얼마나 바르게 행동하지 못했는지에 대한 일상적인 자기반성과 더불어 앞으로 일기를 쓰겠다고 다짐했습니다.

아주 구체적으로 신년 계획을 세우는 작가도 있는데요. 버지니아 울프는 1931년 1월, "때로는 읽고, 때로는 읽지 않기"라는 보통 사람도 쉽게 지킬 수 있는 보편적인 다짐과 함께 《파도》잘 써 보기"라고 스스로와 약속했답니다.

스티븐 킹은 1986년, 신작(1100쪽이 넘었죠)이 비판받자 처음으로 새해 다짐을 했습니다. "절대 능력 밖의 글을 쓰지 않기"라고요.

영화 〈싱글맨〉의 원작 소설을 쓴 작가로 유명한 크리스토퍼 아이셔우드는 일기에 많은 다짐을 적었어요. 대부분 게을러지지 말고 글을 빨리 쓰자고 자신을 격려하는 내용이었죠.

그러나 작가들도 인간이기에 마음먹은 대로 모든 계획을 지키지는 못합니다. 1852년 1월 1일, 시인 로버트 브라우닝은 하루에 시 한 편씩 쓰기로 결심했지만, 그 다짐은 1월 4일에 깨져 버렸어요.

물론 작가들이 신년 계획을 세울 때 글쓰기에 대해서만 다짐하는 것은 아닙니다. 소설가 P. G. 우드하우스의 1905년 새해 목표는 밴조 배우기였습니다.

지하실의
매력

레이 브래드버리
Ray Bradbury(1920~2012)

📍 캘리포니아주 컬버시티 자택 지하 차고,
로스앤젤레스 캘리포니아대학 파월도서관 지하(미국)

1940년대부터 1950년대 초까지, 미국 SF 거장 레이 브래드버리는
주로 자신의 집 차고에서 글을 썼습니다. 이 집필실의 단점이라면,
바로 어린 자녀들이 놀아 달라고 오는 바람에 산만해지기 쉽다는
것이었죠. 그는 새로운 집필실을 찾다가 캘리포니아대학 파월도서
관 지하에 있는 타자실에 자리를 잡았습니다.

　여기서 그는 레밍턴, 언더우드 같은 타자기들을 발견했어요.
10센트를 내면 30분 동안 빌려 쓸 수도 있었죠. 이렇게 시간 제약이
생긴 덕분에 그는 빠르게 글을 써 나갔어요. 실제로 9일 동안 약 9달
러 80센트를 내고 2만 5000단어로 된《화씨 451》초고를 완성했답
니다.

브래드버리는 촬영장 소품부터 각종 티켓까지
그가 깊이 사랑한 물건들에 둘러싸여 글을 썼다.

브래드버리는 자신의 집 지하실에서 글을 썼던 홈 오피스 분위기를 어느 정도 재현했어요. 각종 티켓부터 NASA에서 받은 화성 모형까지, 평생 모은 온갖 창의적인 잡동사니들로 장식했죠. 여기에 글쓰기 도구(컴퓨터는 절대 쓰지 않고 오직 타자기만 썼어요), 펄프 매거진* 더미와 원고, 메모로 가득한 서류 캐비닛, 천장까지 닿는 책장, 책상이 있었습니다. 책상에는 "생각하지 말자"라고 적은 쪽지를 붙여 뒀어요. 또 천장에 가면을 수없이 달아 놓고, 180센티미터가 넘는 만화 캐릭터 불윙클Bullwinkle 인형을 의자에 앉혀 뒀으며, 바로 그 지하실에서 쓴 《사악한 것이 온다》에 나오는 미스터 일렉트리코의 그림으로 벽을 가득 채웠죠. 그는 장난감을 무척 좋아해, 집필실에 공룡 모형이나 깡통 로봇을 비롯해 아내가 크리스마스 선물로 준 많은 장난감을 갖다 놨어요.

이 지하실에는 그의 소설을 각색한 영화와 드라마에 쓰인 소품들도 있었습니다. 그중에는 앨프리드 히치콕 감독이 단편 〈병The Jar〉으로 만든 드라마에 나오는 가짜 사람 머리가 담긴 병도 있었죠.

레이 브래드버리는 집안이 어려워 대학에 진학하지 못했지만, 도서관이 자신을 길러 냈다고 말할 정도로 책에서 많은 지식을 쌓았다. 인류의 화성 이주기를 그린 《화성 연대기》를 비롯해 수많은 작품을 창작했다. 그의 아이디어는 문학의 경계를 초월해 천문학자, 우주 비행사, 행성 과학자 들의 실제 꿈이 됐다.

....

* 미스터리, SF, 환상소설 등을 갱지에 인쇄한 싸구려 잡지.

세상에 오직
하나뿐인 책상

대니엘 스틸
Danielle Steel(1947~)

📍 파리와 샌프란시스코 자택 서재(프랑스, 미국)

수많은 베스트셀러를 쓴 로맨스 소설가 대니엘 스틸은 파리와 샌프란시스코의 집에서 글을 씁니다. 집 벽에는 자신의 책 표지를 넣은 액자들과 "기적이란 없다. 훈련만 있을 뿐" "밤이 잠과 무슨 상관이란 말인가?"(존 밀턴), "타인을 위해 산 삶만이 가치 있는 삶이다"(알베르트 아인슈타인) 등 그가 좋아하는 명언이 걸려 있죠.

    샌프란시스코 자택에는 그의 대표작인《스타Star》《대디Daddy》《하트비트Heartbeat》모양을 본떠 만든 놀라운 책상이 있어요. 스틸도 인테리어에 관심이 많지만, 흥미롭게도 이 책상을 만든 디자이너들은《스타》는 흰색,《하트비트》는 밝은 빨간색,《대디》는 짙은 남색과 같은 식으로 책 제목과 색을 골랐다고 해요.

스틸은 세상에서 가장 멋진 책상 중 하나에서 글을 쓴다.

스틸은 한편으로 책상을 아주 실용적으로 쓰는데요. 평소에는 자녀들이 행운을 불러오는 부적이라며 준 작품이나 자석, 세상을 떠난 아들 닉이 속했던 펑크 밴드 '링크 80'의 이름표를 비롯한 여러 물건들을 책상에 놔두죠. 그러나 일단 글을 쓰기 시작하면 달라집니다. "제게 감동을 주는 물건들이지만 창작 과정에는 도움이 되지 않아요. 책상 위가 너무 복잡해서, 원고를 완성할 때까지는 모두 치워 둬요."

스틸의 루틴은 상당히 어마어마합니다. 해마다 신작을 여섯 편정도 발표하기 위해 매일 책상에 앉아 오랫동안 글을 쓰거든요. 오전 8시 30분에 캐시미어 나이트가운을 입은 채 토스트 한 조각과 디카페인 아이스커피를 한 잔 마시고 점심때까지 일을 하고요. 오후에는 달콤쌉쌀한 초콜릿을 간식으로 먹고, 아주 늦은 밤이나 다음 날 이른 아침까지 작업을 이어 갑니다.

스틸의 글쓰기에는 애칭이 올리Olly인 1946년형 올림피아 스탠다드Olympia Standard 타자기가 언제나 함께합니다. 사실 지난 세월 동안 수많은 올리들이 거쳐 갔으며, 그는 여전히 오래된 타자기들을 간직하고 있죠.

대니엘 스틸은 여러 작품을 동시에 집필하는 다작 작가로 유명하다. 지금까지 161권을 집필했으며, 69개국 43개 언어로 출판해 9억 부 이상을 판매했다. 많은 작품이 영화나 드라마로 제작됐다.

연인들을
추억하는 공간

비타 색빌웨스트
Vita Sackville-West(1892~1962)

📍 켄트주 시싱허스트성Sissinghurst Castle의 탑(영국)

소설가, 저널리스트, 시인, 원예가, 그리고 버지니아 울프의 친구이자 연인이었던 비타 색빌웨스트. 그가 1930년에 남편 해럴드 니컬슨과 16세기에 지어진 노후한 성 시싱허스트로 이사하고 나서 가장 먼저 복구한 건물은 인상적으로 높다란 탑이었어요. 그는 무엇보다 이 동화에 나올 것 같은 탑 때문에 시싱허스트에 마음을 빼앗겼습니다. 무남독녀였음에도 불구하고 여성이라는 이유로 상속받지 못한, 자신이 나고 자란 놀Knole성을 떠올리게 했거든요.

아치형 입구 위쪽에 있는 방은 색빌웨스트의 집필실이 됐습니다. 1930년에 지은 시 〈시싱허스트〉에서 묘사했듯 "기다란 그림자가 비스듬히 기울어지는 높은 방"이었죠. 그는 동네 건축업자들을

색빌웨스트는 30년간 탑에서 글을 쓰면서 실내 장식을 바꾼 적이 한 번도 없다.

불러 오크 책꽂이들을 짜 넣고, 구석에는 벽난로를 만들어 작은 탑을 팔각형 서재로 바꿨어요.

시싱허스트는 세상과 사회 규범으로부터 도피처가 되어 주었고, 색빌웨스트는 집필실을 거의 아무도 들어올 수 없는 자기만의 공간으로 만들었죠. 그는 17세기에 짠 플레미시flemish 태피스트리＊가 걸린 벽 앞 오크 책상에 앉아 높은 격자창으로 들어오는 밝은 빛에 의지해 글을 썼어요. 바닥에는 페르시안 러그들을 깔았고, 진녹색 코듀로이를 두른 커다란 데이베드도 들였죠. 창턱에는 여행 중 주워 온 조개껍질들과 조약돌들을 올려놨어요.

색빌웨스트는 집필실을 자신의 연인들을 추억하는 물건으로 채웠습니다. 중국 크리스털 토끼 한 쌍과 붉은색 용암석으로 만든 반지(영국 사교계 명사이자 작가인 바이올렛 트레퓨시스Violet Trefusis에게 받은 선물), 멋진 캘리그래피 작품(17세기 시인 피니어스 플래처Phineas Fletcher가 켄트의 환락을 노래한 시를 크리스토퍼 세인트 존Christopher St. John이 쓴 작품), 자수(작가이자 보육 교사인 그웬 세인트 오빈Gwen St. Aubyn이 만든 것으로, 그의 사진도 책상에 있었어요) 등이죠. 벽에는 세인트 존이 쓴 시가 몇 편 더 걸려 있었는데요. 그중〈영원한 사랑을 위하여To The Love of his CONSTANT HEART〉는 1557년에 나온 영국 최초의 인쇄된 시집《토틀 선집Tottel's Miscellany》에 수록된 작자 미상의 시예요.

....
＊ 유럽 플랑드르 지방을 중심으로 발전한 섬유 직조 미술.

색빌웨스트는 브란웰 브론테Branwell Brontës가 누이들을 그린 그림의 복제품, 놀성을 새긴 판화, 남편 니컬슨의 사진을 책상에 올려 뒀어요. 맞은편에는 1929년에 사교계 사진작가 르네르Lenare가 찍은 버지니아 울프의 사진을 놔뒀고요. 색빌웨스트는 울프가 1928년에 발표한 소설《올랜도》를 쓰는 데 많은 영감을 줬다죠. 그밖에도 친구들에게 빌려준 책들, 정원 관리 일지, 꿈 이야기 등을 적은 공책들도 있었습니다. 책상 바로 위에 있는 수납장은 청동 녹색으로 칠해 눈에 띄게 했죠.

연인 트레퓨시스에 대해 쓴 글들도 검은색 글래드스턴 가방에 넣어 서재에 보관했는데요. 이 가방에는 잠금장치가 돼 있어, 그가 세상을 떠난 뒤 아들 나이절Nigel이 결국 가방을 칼로 찢어서 내용물을 확인할 수밖에 없었죠. 나이절은 이때 발견한 글들을 토대로 논픽션《결혼의 초상Portrait of a Marriage》을 써서 1973년에 발표해 큰 성공을 거뒀어요.

시싱허스트에는 부부의 장서가 무려 1만 1000권이나 있었는데, 그중 2700권은 색빌웨스트의 개인 집필실에 있었어요. 원예, 여행, 섹스에 관한 책이 많았고요. 스물네 권은 버지니아 울프의 작품들로, 그에게 헌정한《올랜도》도 있었습니다. W. B. 예이츠, 스티븐 스펜더, T. S. 엘리엇, 이디스 시트웰의 시도 있었죠.

30년이 넘도록 색빌웨스트는 낮에는 정원을 가꾸고, 밤에는 탑에서 글을 썼어요. 그 긴 시간 동안 한 번도 탑을 고치거나 실내 장식을 바꾸지 않았죠. 유일하게 이곳에서 글을 쓰지 않은 시기는 2차 세계대전 중인 1941년 겨울부터 1945년 4월까지로, 석탄을 구하기 힘들어 추위를 피해 다른 곳에서 지냈을 때뿐이었습니다.

시싱허스트성에는 또 다른 인상적인 작가의 집필실이 있었습니다. 바로 색빌웨스트의 아들 나이절의 집필실이죠. 1969년, 그는 아버지를 기리기 위해 해자 옆에 서양식 정자인 가제보gazebo를 지었습니다. 이 정자에 앉아 아름다운 주변 풍경을 감상하며《결혼의 초상》을 썼죠. 정원을 구경하던 관광객들이 밖에서 서성거려도 아랑곳하지 않고 말이에요. 가제보에는 전화기도 없고, 전기와 난방도 들어오지 않았습니다.

가제보는 같은 해에 전 세계의 주목을 받았던 아폴로 11 달 착륙선과 정확히 같은 치수로 지어졌어요. 건축 양식은 이 지역에 특히 많았던 홉 건조소와 동일했고요. 달 착륙선이라는 미래적인 요소와 홉 건조소라는 전통적인 요소가 공존하는 건물을 지었다는 게 흥미롭지 않나요?

나이절은 시싱허스트가 위치한 켄트의 역사와 지리에 관심이 많았다고 해요. 자연과 문화유산을 보호하는 단체인 내셔널트러스트는 나이절이 소유했던 켄트의 역사서와 지도, 제인 오스틴의 작품 등을 다시 모으는 복원 프로젝트를 진행하고 있습니다.

비타 색빌웨스트는 "기회를 의무에 양보해야 하는 사람은 항상 여성이어야 하는" 시대에 여성의 삶에 대해 평생 고민한 작가이자, 지금까지도 한 해에 수십만 명이 찾는 시싱허스트 정원을 만든 정원 디자이너다. 남편과 결혼한 뒤에도 여러 여성들과 연인이었던 것으로도 유명하다.

사랑하는
존재들이 주는 힘

주디스 커
Judith Kerr(1923~2019)

📍 런던의 다락방(영국)

그림책 작가인 주디스 커는 50년 넘게 런던 반스Barnes에 있는 3층 짜리 빅토리아풍 테라스하우스에 살며, 꼭대기 층 다락방에서 작업했습니다. 아흔이 넘어서도 작품 활동을 하며 집과 가족, 반려동물에게서 끊임없이 영감을 받았죠. '고양이 모그' 시리즈에 등장하는 가족들의 캐릭터와 이름에 대한 아이디어도 얻었고요. 《간식을 먹으러 온 호랑이》에 나온 부엌 찬장은 그의 집 부엌 찬장과 똑같죠.

다락방 집필실에는 두 가지 장점이 있었는데요. 하나는 작업하는 동안 사람들이 들어와 방해하기 쉽지 않았다는 거고요. 다른 하나는 텔레비전 시리즈 〈퀴터매스Quatermass〉를 쓴 SF 작가인 남편 나이절 닐의 집필실도 바로 옆에 있었다는 거죠. 부부는 뭔가 잘 풀리

커는 집필실에 들어설 때마다 언제나 집에 돌아온 것 같은 기분을 느꼈다.

지 않을 때마다 서로의 집필실에 가서 힘을 얻고, 함께 점심을 먹으며 한숨 돌리곤 했습니다. 남편이 세상을 떠난 뒤에도 커는 그의 책상에서 타자기를 치우지 않았어요.

커의 집필실에 있는 가구는 모두 흰색이었습니다. 벽도 흰 페인트로 칠해져 있었고, 커다란 창문으로 햇살이 듬뿍 들어왔죠. 책꽂이에는 예술 서적이 가득 꽂혀 있었어요. 독일 배우 마르틴 헬트가 낭독한 커와 그의 아버지(마찬가지로 작가였죠)의 책들을 홍보하는 포스터, 그리고 커의 아들이 선물한 밀짚모자도 있었답니다.

커는 20대에 5파운드를 주고 포마이카 제도판이 달린 책상을 샀는데요. 얼마나 관리를 잘했는지 세상을 떠날 때까지 이 책상을 썼습니다. 제도판 주위에는 연필들, 색깔별로 유리병에 넣어 둔 크레용들, 윈저앤드뉴턴Winsor & Newton 잉크들이 놓여 있었어요. 캐릭터의 손을 그릴 때 쓰려고 작은 거울도 책상에 놔뒀어요. 그는 언젠가 "집필실로 올라갈 때마다 집에 온 느낌을 받는다"고 말했죠.

커는 고양이를 여러 마리 키웠습니다. 첫째 모그는 집사가 작업하는 동안 무릎에 앉아 붓을 만지작거렸고, 마지막 고양이 커틴커는 그가 의자에서 일어나기만 기다렸다가 자리를 차지하곤 했어요.

주디스 커는 독일 유대인 가정에서 태어나, 2차 세계대전 당시 나치를 피해 영국으로 왔다. 화가, BBC 방송 작가로 활동하던 중 자녀들을 위해 그린 《간식을 먹으러 온 호랑이》를 발표하며 그림책 작가로 데뷔했다. 집에서 키우던 고양이 모그를 모티브로 한 그림책 시리즈도 많은 사랑을 받았다.

재즈 음반으로
가득한 방

무라카미 하루키
Haruki Murakami(1949~)

📍 도쿄의 집필실(일본)

무라카미 하루키는 도쿄 아오야마에 있는 평범한 건물 6층 사무실에서 글을 씁니다. 이 상당히 단조로운 공간에서 단연 눈에 띄는 것은 벽 전체를 가득 메운 레코드판이죠. 1만 장이나 되는데, 거의 대부분이 재즈랍니다. 음악을 들으면서 글을 쓰는 경우가 많다고 해요. 실제로 그는 음악과 글쓰기에 리듬, 선율, 조화, 즉흥성 등 네 가지 공통점이 있다고 말합니다.

무라카미는 도쿄에서 재즈 클럽을 운영하면서 처음 글을 쓰기 시작했습니다. 초창기에는 재즈 클럽이 문을 닫은 새벽녘에야 겨우 올리베티 타자기 앞에 앉을 쓸 수 있었죠.

지금은 새벽 4시에 글을 쓰기 시작합니다. 책상에 앉아 커피를

도쿄 와세다대학에 있는 무라카미하루키문학관에 가면, 그의 서재를 똑같이 재현한
모형을 볼 수 있다. 그가 가장 좋아하는 음반들도 들어 볼 수 있다.

마시며 대여섯 시간 정도 글을 쓰는 데만 집중합니다. 오후에는 달리거나 수영하거나, 혹은 두 가지를 모두 하고 나서 음악을 들으며 책을 읽다가 저녁 9시에는 잠자리에 들어요. 그는 이런 시간을 통해 글을 쓸 에너지를 충전한다고 해요.

무라카미의 책상에는 수집품이 참 많은데요. 거미가 새겨진 발 모양 목공예품(라오스 여행 기념품), 위에 말벌 장식이 달린 대리석 조각품(스칸디나비아), 고양이 조각품, 스위스 국기가 그려진 머그잔(스위스), 알프레드 크노프Alfred A. Knopf 출판사 로고가 있는 문진(뉴욕), 커다란 땅콩 모양 통 등이죠. 그는 이것들이 자신의 "부적"이라고 해요.

부적들 옆에는 마일스 데이비스 퀸텟의〈쿠킹cookin'〉과〈릴렉싱 Relaxin'〉앨범 재킷 이미지가 각각 프린트된 두 유리잔이 있어요. 단골 레코드 가게에서 받은 선물로, 여기에 잘 깎은 노란 연필들이 가득 꽂혀 있죠. 이 노란 연필로 글을 쓰는 거예요. 야구 선수 오가와 야스히로의 작은 조각상도 있습니다(무라카미는 열렬한 스포츠 팬입니다). 마우스패드에는 무민 만화가 그려져 있어요.

무라카미 하루키는 국어 교사였던 부모의 영향으로 닥치는 대로 책을 읽으며 자랐다. 고등학생 때는 아버지가 일본 고전문학을 암송시키자, 그 반동으로 해외 문학에 흥미를 가지게 됐다. 와세다대학 진학 후 커피숍 겸 재즈바를 운영하다가 글을 쓰기 시작했다. 두 번째 작품인《1973년의 핀볼》을 발표한 이후 전업 작가가 됐다.

거절 편지는
버릴 수 없지

커트 보니것
Kurt Vonnegut(1922~2007)

♥ 매사추세츠주 웨스트반스터블 자택 서재(미국)

커트 보니것의 고향인 인디애나폴리스에는 그를 기리는 박물관과 도서관이 있습니다. 그가 평생 쓰던 물건들을 전시할 뿐 아니라 웨스트반스터블에 살 때 쓰던 서재도 그대로 재현해 놨죠. 액자에 넣어 집필실에 걸어 둔 아버지 사진, 스미스-코로나 타자기(전자 타자기를 아주 싫어했어요), 키가 188센티미터인 보니것이 등을 한껏 구부린 채 《챔피언의 아침》을 쓴 낮은 탁자를 볼 수 있어요. 책상에는 "새로운 옷을 필요로 하는 모든 계획에 주의하라"라는 헨리 소로의 《월든》한 구절이 새겨져 있고요. 그 옆에는 붉은 수탉 모양 램프가 놓여 있습니다. 그가 세상을 떠난 뒤 책장 뒤에서 발견된 필터 없는 팰맬Pall Mall(가장 좋아했던 브랜드예요) 담배 한 갑도 있죠.

보니것은 자신이 가장 좋아하는 명언을 단지 포스트잇에
적어 놓는 것에 만족하지 않고 더 영구적으로 새겨 넣었다.

이 공간은 보니것의 별난 면도 보여 줍니다. 원래 보니것은 그가 쓴 단편 소설을 게재해 줄 수 없다는 잡지사의 편지들을 오래된 빨간색 상자에 보관해 왔었는데, 박물관에서 이 수많은 거절 편지들을 액자에 넣어 벽에 전시한 거예요. 그중에는 보니것이 전쟁 중 파멸한 드레스덴에서 직접 겪은 일을 그린 작품이 "충분히 설득력 있지 않다"며 1949년에 《애틀랜틱 먼슬리Atlantic Monthly》가 보낸 거절 편지도 있어요. 《콜리어스Collier's》는 보니것이 투고한 단편 〈기억술Mnemonics〉에 대해 "피상적이고 적절하지 않은 표현들 때문에 평범하고 그저 그런 글로 보인다"고 평했네요. 사실 거절 편지를 너무 많이 받아서, 보니것의 아내 제인은 그 편지들로 쓰레기통을 도배했을 정도랍니다.

보니것은 원고를 정리하는 방식도 특이했습니다. 1959년에 발표한 소설 《타이탄의 미녀》의 경우에는 타이핑한 원고를 모두 스테이플러로 고정해 긴 두루마리 형태로 만들었어요. 너비는 겨우 20센티미터 정도였지만, 길이는 수십 미터가 넘었죠. 이는 잭 케루악이 《길 위에서》를 집필할 때 쓴 방법과 비슷한데요. 케루악은 길게 이어 붙인 40미터짜리 타자 용지로 두루마리 원고를 만들었다죠.

커트 보니것은 코넬대학 재학 중 제2차 세계대전에 참전했다. 전선에서 낙오해 드레스덴 포로수용소에서 지내다, 미영 연합군의 폭격으로 드레스덴 시민들이 몰살당하는 사건을 목격했다. 전쟁이 끝나고 미국으로 돌아와 소방수, 영어 교사, 자동차 영업 사원 등으로 일하는 한편 여러 잡지에 단편을 기고했다. 드레스덴에서의 경험을 그린 《제5도살장》 등을 발표하며 반전 작가로 이름을 알렸다.

퇴짜 맞은 명작들

《모비딕》을 쓴 허먼 멜빌이 "무엇보다 꼭 고래여야만 하는지 묻고 싶군요"라는 거절 편지를 받았다는 소문이 진짜인지는 모르겠지만, 모든 작가들, 말 그대로 거의 '모든' 작가들이 출판사에 거절당하는 것에 익숙합니다. 심지어 조지 오웰은 편집장이던 T. S. 엘리엇에게 《동물 농장》은 파버앤드파버Faber and Faber 출판사가 출간하기에 너무 정치적이라는 말을 들었습니다. 엘리엇은 이 작품의 구성에 대해 "필요한 것은 (논쟁의 여지가 있겠지만) 공산주의가 아니라 더 많은 애국심 있는 돼지들"이라고 비평했다고 하죠.

물론 출판사의 예상이 빗나간 경우도 많았어요. 출판인 제임스 필즈James Fields는 《작은 아씨들》의 작가에게 "올컷 씨, 그냥 가르치는 일만 하시는 게 좋겠어요. 글 쓰는 데 소질이 없군요"라고 충고했습니다. 이보다는 덜 가혹하지만, 윌리엄 골딩은 조너선케이프Jonathan Cape 출판사에 《파리 대왕》을 보냈다가 "우리가 보기에 전도유망한 아이디어를 풀어내는 데 완전히 성공한 것 같진 않군요"라는 퇴짜를 맞았다죠. 그래도 조너선케이프는 다른 실력 있는 소규모 출판사인 안드레도이치André Deutsch에게 보여 주라는 조언을 잊지 않았습니다. 이후 《파리 대왕》은 몇몇 출판사를 더 떠돌다 파버앤드파버의 젊은 편집자 눈에 띄어 빛을 보게 됐습니다.

그러나 작가와 출판사의 관계가 일방적이지만은 않습니다. 조지 버나드 쇼는 1895년에 친구에게 이런 편지를 보냈습니다.

"나는 출판사들에 반대하네. 그들은 훌륭한 사업가도 아니고 문학을 잘 아는 것도 아니면서, 이윤을 위한 파렴치한 짓을 예술적 까다로움이나 성마름과 결합하거든."

온 세상이
나의 집필실

Rooms of
Their Own

써낼 만한 용기와 상상력만 있다면, 삶의 모든 것이 글감이 될 수 있다.
창작에 최악의 적은 자기 의심이다.

실비아 플라스

작가로 성공하는 지름길은 없다.
수없이 실망하면서도 끈질기게 노력하고,
불확실성에 끊임없이 도전한 사람에게 주어지는 결과니까.

루이자 메이 올컷

집필실이
왜 필요하죠?

마거릿 애트우드
Margaret Atwood(1939~)

♥ 어디서나

모든 작가가 특정한 집필실을 필요로 하거나 괴로울 정도로 엄격한 루틴을 매일매일 고집스레 지키는 것은 아닙니다. 캐나다의 소설가이자 시인으로 《증언들》과 《오릭스와 크레이크》를 쓴 마거릿 애트우드는 꽤 느긋하게 작업하는 작가 중 한 명입니다.

우선 매일 글을 쓰지 않습니다. 작업을 시작하기 전에 정해진 의식을 따르지도 않죠. 글을 쓰다가 갑자기 막히는 것 같으면 글쓰기와 관계없는 다른 단조로운 일을 하면서 머리를 비웁니다.

특별히 고집하는 루틴은 없지만, 먼저 손으로 글을 쓴 다음 수십 장이 쌓이면 컴퓨터로(초창기에는 타자기로) 옮겨 놓고 다시 종이와 펜으로 돌아갑니다. 애트우드는 이 기술을 1차 세계대전에서

애트우드는 책상만큼이나 비행기 혹은 커피숍에서 글을 쓰는 것도 행복해한다.

쓰인 포병 전술로 알려진 "이동 탄막 사격"이라고 부릅니다. 그는 베를린 장벽이 무너지기 전인 1984년에 1년 동안 서베를린에 거주하면서, 빌린 커다란 독일 수동 타자기와 펜으로 이동 탄막 사격을 구사해 현대 고전이 된《시녀 이야기》를 썼습니다.

애트우드는 하루에 약 1000~2000단어를 쓰는 것을 목표로 하는데요. 작품을 새로 시작할 때는 하루에 몇 시간 정도면 되지만, 마무리 단계쯤 되면 작업 시간이 점점 길어집니다.

동시에 여러 아르바이트를 하던 20대에는 주로 밤에 글을 썼다고 해요. 작가로 성공하고부터는 아침에 글을 쓰다가, 딸을 키우기 시작하면서는 오전 10시부터 오후 4시까지 딸이 학교에 있는 동안 작업했습니다.

이동하며 작업하는 다른 바쁜 작가들처럼 애트우드도 호텔, 커피숍, 비행기 등 다양한 장소에서 글을 씁니다. 창가를 좋아하고, 자주 작업하는 서재가 있기는 하지만 "정해진 작업 공간은 없다"고 해요.

이 서재에서는 컴퓨터 두 대를 각기 다른 책상에 올려 두고 쓰는데, 그중 하나에만 인터넷을 연결해 뒀어요. 트위터를 좋아하거든요. 일할 때 방해받지 않으려고 사용 시간을 하루 10분으로 제한하고 있죠. 그렇다고 애트우드가 첨단 기술에 거부감을 느끼는 것은 아니에요. 2004년에 원격 서명 장치인 롱펜Long Pen을 고안하기도 했으니까요. 그는 이 마술 펜으로 수천 킬로미터나 떨어진 곳에 있는 독자의 책에도 사인을 하죠.

애트우드는 책상에 앉아 글을 쓰기도 하지만, 누워서 혹은 몸을 반쯤 웅크린 채로 쓸 때도 있어요. 절대로 하지 않는 것은 음악을 들으며 글을 쓰는 것입니다.

공책과 노란색 리걸패드를 즐겨 쓰는데요. 주석을 남기기 편하도록 여백이 있고 줄 간격이 넓은 공책을 선호하죠. 그런데 너무 좋은 공책은 쓸 때 마음이 불편하대요. 항상 들고 다니는 공책 말고도, 침대 밑에도 따로 한 권 놔둔답니다. 책상에는 수집한 깃털로 만든 필기구를 비롯해 펜이 정말 많아요. 서재에는 책이 가득 꽂혀 있지만, 그에게 마법처럼 영감을 주는 책은 한 권도 없다고 합니다.

이렇게 정해진 틀 없는 애트우드에게도 작가답다고 느껴지는 습관이 하나 있어요. 바로 커피입니다. 그가 글을 쓰는 데 이 커피가 중요한 역할을 한다고 해요. 소설로 명성을 얻기 전에는 커피숍에서 일한 적도 있답니다.

캐나다 커피숍 체인점 발자크Balzac's와 손잡고 "부드럽고 우아한 텍스처를 음미하다 보면 캐러멜 향이 남는다"는 애트우드 미디엄 로스트 블렌드를 만들기도 했어요. 열정적인 환경 운동가이자 조류 보호에 오랫동안 힘써 온 만큼, 버드프렌들리bird-friendly 인증을 받은 원두만 쓴다고 해요.

마거릿 애트우드는 캐나다인의 정체성, 인권, 환경, 여성성 등 다양한 주제를 다뤄 온, 20세기 캐나다를 대표하는 여성 작가다. 소설, 평론, 드라마 극본, 동화 등 영역을 가리지 않고 활발하게 활동한다. 부커상을 비롯해 수많은 문학상을 수상했다.

좋은 카페가
중요한 이유

J. K. 롤링
J. K. Rowling(1965~)

♀ 에든버러의 카페들(영국)

어린 딸을 유모차에 태우고 다녔던 J. K. 롤링에게 카페는 큰돈 들이지 않고 '해리 포터' 시리즈를 쓸 수 있게 해 준 소중한 집필실이었어요. 에든버러의 여러 카페들에서 글을 쓰며 해리를 키운 거죠.

카페는 여러모로 롤링에게 딱 맞는 집필실이었는데요. 그는 혼자가 아닌 다른 사람들에 둘러싸여 글 쓰는 것을 더 좋아했거든요. 또 직접 커피를 내릴 필요도 없고요. 분위기를 바꿔 새로운 영감을 받고 싶을 때는 언제든지 이 카페에서 저 카페로 자리를 옮길 수도 있죠.

이런 롤링이 가장 선호하는 카페는 사람들이 꽤 있지만, 테이블을 나눠 써야 할 정도로 붐비지는 않는 곳이었습니다. 《해리 포터와

롤링은 카페에서 영감을 받는 많은 작가들 중 한 명이다.

마법사의 돌》은 케임브리지가 있는 트래버스극장Traverse Theatre 카페와 니컬슨스카페Nicolson's Café(지금은 스푼Spoon으로 바뀌었습니다)의 구석 자리에서 썼어요. 그는 언제나 물과 에스프레소 한 잔을 주문했답니다. '해리 포터' 시리즈의 2권과 3권을 쓸 때는 에든버러 성이 보이는 조지 4세 브리지의 엘리펀트하우스Elephant House 안쪽 자리를 가장 즐겨 찾았죠.

롤링은 여전히 손으로 글을 쓰지만, 더 이상 카페에서 작업하기는 힘들어졌어요. 대신 호텔 객실 등 다른 장소에서 영감을 얻죠. '해리 포터' 시리즈의 마지막 권을 마무리 지을 때는 밸모럴호텔 Balmoral Hotel 552호로 숨어들었어요. 지금은 'J. K. 롤링 스위트룸'이라고 알려진 이곳에서 '죽음의 성물'의 모험을 마친 거죠. 이를 기념해 롤링은 대리석으로 된 헤르메스 흉상(여전히 같은 자리에 있답니다)에 서명을 남겼고, 호텔은 올빼미 모양 노커를 달아 놨어요.

요즘은 뒤뜰 사무실에서 팝콘같이 깔끔하게 먹을 수 있는 간식과 함께 차를 수없이 마시며 글을 씁니다. 사람들 말소리에 정신이 흐트러지지 않도록 주로 클래식 음악을 틀어 놓고요.

J. K. 롤링은 어릴 때부터 글쓰기를 좋아해, 대학 졸업 후 임시직으로 일하면서 틈틈이 소설을 썼다. 어느 날, 열차를 타고 가다가 마법 학교에 다니는 소년 이야기를 떠올리고, 이를 소설로 옮기기 시작했다. 포르투갈에서 결혼해 딸을 낳았으나 오래지 않아 이혼하고 에든버러로 돌아와, 극심한 생활고로 고생하면서도 해리 포터 이야기를 끝까지 써 냈다.

아이들이
잠든 시간에 쓰기

실비아 플라스
Sylvia Plath(1932~1963)

♥ 런던과 데번주 노스토턴NorthTawton의 자택 거실(영국)

미국 시인이자 소설가인 실비아 플라스는 웬만한 남성 작가들은 상상도 할 수 없을 정도로 글쓰기와 집안일을 병행했습니다. 육아와 살림, 특별히 열정을 쏟는 요리(자신이 만든 레몬머랭파이에 대한 자부심이 대단했어요)를 하며 하루를 보내다가 틈이 나면 어디서든 글을 쓰곤 했죠.

1961년 4월, 플라스는 어머니에게 이런 편지를 보냈어요.

"미친 듯이 일하고 있어요. 오전 8시부터 오후 1시까지 다섯 시간 정도만 글을 쓸 수 있다면, 나머지 시간은 평온한 마음으로 집안일이나 다른 일을 처리할 수 있다는 걸 알게 됐죠."

시인 테드 휴스Ted Hughes와의 비극적인 결혼 생활은 그 시작부

터 삐걱거렸습니다. 플라스에게 글을 쓸 개인 공간이 부족하다는 것은 분명했어요. 1956년 스페인으로 신혼여행을 떠났을 때 플라스는 어머니에게 보내는 편지에서 그와 휴스가 나란히 앉아 글을 쓰던 식탁을 묘사했어요. 휴스가 앉은 자리는 극도로 지저분했는데, 종이가 여기저기 흩어져 있고, 그나마 모아 둔 종이 위에는 뚜껑도 닫지 않은 파란색 잉크병이 놓여 있었죠. 반면에 플라스의 자리는 책들과 공책들이 가지런히 정돈돼 있고, 그 옆에는 선글라스와 조개껍데기, 가위 한 자루가 단정하게 놓여 있었어요(그는 검은색 잉크병의 뚜껑을 항상 잘 닫아 놨어요).

휴스와 함께 사는 동안, 플라스는 주로 거실에서 글을 썼습니다. 발 옆에 휴대용 전기난로를 틀어 몸을 따뜻하게 데우면서요. 아이들을 낳기 전에는 두 사람 모두 오전 8시 30분부터 정오까지, 그리고 오후 4시부터 6시까지 일하는 것을 목표로 했습니다. 그러다 큰딸이 태어나자 플라스는 오전에, 휴스는 오후에 글을 썼어요.

플라스는 분홍색 메모지에 글을 쓰고, 타자기도 여러 대 사용했는데요. 학생 때 쓰던 로열 타자기를 시작으로 스미스-코로나, 어머니에게 선물로 받은 올리베티 레테라Lettera 22도 있었고요. 그가 세상을 떠나기 몇 주 전, 빅토리아 루커스Victoria Lucas라는 가명으로 출간한 자전소설 《벨 자》를 쓸 때는 연녹색 에르메스Hermes 3000이 함께했죠.

1961년 8월 말, 데번주 노스토턴에 있는 전원주택 코트그린 Court Green으로 이사하고 나서야 플라스는 처음으로 1층에 자신만의 집필실을 마련할 수 있었어요. 오전에 휴스가 딸 프리다를 돌보는 동안 여기서 글을 썼어요.

집필실에는 창문이 두 군데 나 있었는데요. 창 너머로 13세기에 지어진 성 베드로 교회와 플라스가 〈리틀 푸가Little Fugue〉("주목朱木의 검은 손가락이 흔들린다 / 차가운 구름이 지나간다")와 〈달과 주목 The Moon and the Yew Tree〉을 비롯한 여러 시에서 노래한 아주 오래된 주목이 보였습니다.

플라스의 하루는 글쓰기와 육아로 정신없이 흘러갔다.

플라스의 사후에 출간된 시집《에어리얼Ariel》에 실린 많은 시들은 휴스와 플라스의 동생 워런이 만든 길이 2미터, 폭 75센티미터인 커다란 책상에서 쓰였어요. 1961년 9월 15일, 플라스는 어머니에게 편지를 쓰면서 "엄청나게 큰 느릅나무 판자로 만들었는데, 제가 글을 쓸 수 있는 생애 첫 큼직한 책상이 될 거예요"라고 했죠.

나는 당신에게 견고한 책상을 만들어 주고 싶었지.
당신이 평생 쓸 수 있는 것으로.

휴스는 〈테이블The table〉이라는 침울한 시에서 책상을 준비하는 과정을 이렇게 묘사했습니다. 또 플라스가 아침에 네스카페를 마시며 글을 쓰던 곳을 "한 가장자리를 따라 파도를 타는 야생의 나무껍질/거칠게 썬 관의 재목"이라고 표현하기도 했죠.

1962년 10월 12일, 휴스가 외도 끝에 자신을 떠나자, 플라스는 아이들이 자는 동안 거대한 책상에 앉아 〈아빠Daddy〉를 썼습니다. 자신의 아버지를 소재로 한 이 시는 결국 그의 작품 중 가장 널리 알려지게 됐어요. 이혼 후 출판사 편집자로 일하면서 두 아이를 키웠던 노벨 문학상 수상 작가 토니 모리슨도 아이들이 자는 동안 글을 쓰곤 했다죠. 플라스는 같은 달 어머니에게 "5시에 일어나 내 인생 최고의 시를 쓰고 있어요. 나는 이 시들로 유명해질 거예요"라며 편지를 보냈습니다.

그는 집을 보기 좋게 꾸미는 것에도 관심이 있었어요. 집필 공간 역시 늘 쾌적하게 유지했으며, 〈10월의 양귀비 Poppies in October〉라는 시를 쓰는 데 영감을 준 선홍색 양귀비와 자색 수레국화를 꽃병에 꽂아 책상에 올려 뒀습니다.

1962년 12월, 플라스와 아이들은 런던 피츠로이로드 Fitzroy Road 의 아파트로 이사했습니다. 한때 W. B. 예이츠가 살았던 이곳에서는 그의 침실이 곧 서재였어요. 완전히 이혼한 것은 아니었지만, 그는 사실상 싱글맘이 됐습니다. 아이들이 깨기 전 새벽 4~5시에 일어나 시를 썼죠. 그는 몰랐겠지만, 이 시들은 휴스의 손에 편집돼 《에어리얼》이라는 유고 시집으로 세상에 나옵니다.

실비아 플라스는 여덟 살에 《보스턴헤럴드》에 시를 실을 정도로 일찍부터 재능을 드러냈다. 풀브라이트 장학생으로 들어간 영국 케임브리지대학에서 테드 휴스와 만나 결혼했다. 언뜻 모범적인 삶을 사는 듯 보였지만, 개인적인 문제와 사회적인 억압으로 고통받으며 끊임없이 우울증과 자살 충동에 시달렸다. 테드 휴스와 별거하고, 런던의 아파트에서 두 아이를 키우다 스스로 생을 마감했다.

진정으로
혼자가 되는 밤

제임스 볼드윈
James Baldwin(1924~1987)

📍 파리의 카페드플로르Café de Flore와
프로방스의 생폴드방스 자택 서재(프랑스)

미국의 소설가이자 수필가인 제임스 볼드윈은 모국을 떠나고 나서
가장 훌륭한 작품을 남긴 여러 작가들 중 한 명입니다. 그는 1948년
프랑스로 건너가 파리와 생폴드방스의 그림 같은 마을에서 살았습
니다. 1960년대 대부분은 터키에서 보냈고요. 그렇게 외국에서 살
면서도 미국에 대한 글을 꾸준히 썼어요. 사람들이 이따금 "국외에
거주하는" 혹은 "스스로 망명한" 작가라는 이름표를 붙이려고 하
면 질색했죠.

볼드윈이 작가로 활동하는 동안 한결같았던 점은 저녁 식사를
한 다음부터 새벽 4시까지 늦은 밤에만 글을 썼다는 것인데요. 뉴욕
에서 살던 청소년 시절, 낮에는 어린 동생들을 돌보는 한편 일도 해

볼드윈은 미국보다 파리에서 글을 쓸 때(그리고 살 때) 훨씬 더 행복했다.

야 했기 때문에 글을 쓸 시간이 늦은 밤밖에 없었거든요. 이때 생긴 습관을 어른이 돼서도 유지한 이유는 진정으로 홀로 있을 수 있는 시간이 밤뿐이었기 때문이에요.

1953년, 볼드윈은 파리의 카페드플로르에서 쓴 반자전적 소설 《산에 올라 고하라Go Tell It on the Mountain》를 발표하며 데뷔했습니다. 1955년에는 《미국의 아들의 기록Notes of a Native Son》 중 〈파리에서의 평등Equal in Paris〉이라는 에세이에서 데뷔작을 쓸 당시의 기억을 풀어놨습니다.

프랑스의 호텔에서 살기 시작하면서 프랑스 카페의 필요성을 깨달았다. 침대에서 일어나자마자 공책과 만년필을 들고 카페드플로르 2층으로 가려고 했기 때문에 사람들이 나를 찾기가 다소 어려워졌다. 거기서 나는 커피를 엄청나게 마시고, 저녁이 되면 그만큼 술을 마셨지만 글은 많이 쓰지 못했다.

볼드윈은 생애의 마지막 15년 동안, 프랑스 남부에 있는 지중해가 내려다보이는 집에서 글을 썼습니다. 주변에 "볼드윈의 집Chez Baldwin"이라고 알려진 300년 된 이 석조 농가에는 방이 열두 칸 있었어요. 이 집은 그의 마지막 미발표 연극인 〈웰컴 테이블The Welcome Table〉을 비롯해 여러 작품에 영감을 줬죠. 그가 영감을 받은 테라스에서 마야 안젤루, 토니 모리슨 같은 여러 유명 작가들, 마일스 데이비스, 조세핀 베이커, 니나 시몬 같은 뮤지션들이 둥근 테이블에 둘러앉아 즐거운 시간을 보냈고요. 늦은 밤까지 작업하는 볼드윈은 언제나 정오에 일어나 이 손님들을 맞이했습니다.

세계 각지에서 찾아오는 손님들로 늘 집이 북적거렸지만, 볼드윈은 밤이 되면 집 아래층 안쪽에 있는 거처로 가서 글을 썼습니다. 작은 부엌과 화장실, 서재가 딸린 이곳을 프랑스 예술가 조르주 브라크가 그림으로 남기기도 했어요. 볼드윈의 제자 세실 브라운은 서재에는 벽난로가 있고 붉은 카펫이 깔려 있었으며, 위스키와 담배 냄새가 났다고 묘사했죠.

볼드윈은 커다란 테이블에서 글을 썼는데요. 백지에 직접 쓸 때도 있었지만, 타자기로 작업하는 것을 더 좋아했습니다. 실제로 아들러 가브리엘레Gabriele 35, 스미스-코로나 코로나매틱Coronamatic 2200, 올림피아 SM7 등 여러 대를 갖고 있었죠.

글을 쓰다가 쉬고 싶을 때는 테라스에 나가 테이블에 앉았어요. 그는 1987년 인테리어 잡지 〈아키텍처럴 다이제스트Aarchitectural Digest〉에 실린 한 기사에서 이 공간을 "침묵과 평화의 섬"이라고 묘사했습니다.

1975년 동생 데이비드에게 쓴 편지에서는 자신의 집필실을 "지하 감옥" "고문실"이라고 표현했어요. 나이가 들수록 글을 쓰는 데 필요한 에너지가 빠르게 줄어든다면서, 작가는 생계를 이어 가기 힘든 직업이라고 말했죠. 그럼에도 불구하고 그는 성실하고 부지런한 작가였습니다. 생폴드방스에서 논픽션《이름 없는 거리 No Name in the Street》, 소설《빌 스트리트가 말할 수 있다면 If Beale Street Could Talk》, 유일한 시집《지미의 블루스 Jimmy's Blues》등 많은 작품을 썼으니까요.

안타깝게도 볼드윈의 집은 작가를 기리는 박물관이나, 그가 바라던 대로 아프리카 디아스포라 작가들을 위한 집필실이 되지 못했습니다. 그가 세상을 떠나자 집이 황폐해졌고, 여러 차례 모금 캠페인을 벌였음에도 고급 주택이 들어서기 위해 철거되고 말았죠.

제임스 볼드윈은 뉴욕 할렘에서 9남매의 맏아들로 태어났다. 목사인 의붓아버지는 백인들에게 매우 적대적인 데다 자식들에게 매우 엄격했다. 볼드윈은 흑인과 동성애자에 대한 차별이 심한 미국을 떠나 프랑스에서 자전소설을 발표했다. 이후 미국 사회에서의 흑인과 백인의 관계에 대한 시, 에세이, 희곡 등을 썼다.

카페와 술집에서 영감을 찾은 작가는 볼드윈뿐만이 아닙니다. 파리 카페드플로르의 단골이었던 장 폴 사르트르와 시몬 드 보부아르는 정오부터 두 시간 동안 점심 먹을 때를 빼면 오전 9시부터 오후 8시까지 이곳에서 토론하고 글을 쓰고 친구들과 철학적인 대화를 나눴어요.

O. 헨리(본명은 윌리엄 포터)는 1850년대 초반부터 술을 팔기 시작한 뉴욕의 피츠태번Pete's Tavern에서 1905년에 그 유명한 단편 〈크리스마스 선물〉를 썼습니다.

《티핑 포인트》의 작가 맬컴 글래드웰은 커피숍이 글쓰기 소재를 떠올리는 데 얼마나 좋은지에 대한 글을 쓰기도 했죠.

스페인에서는 어니스트 헤밍웨이가 자주 찾았다는 마드리드의 카페히혼Café Gijón을 비롯해 수많은 바와 카페에서 수백 년 동안 테르툴리아tertúlia(어느 정도 격식을 갖춘 문학 클럽)가 열리고 있습니다.

영국의 소설가이자 문학 비평가인 포드 매덕스 포드는 카페를 "진지한 사람들이 문명을 형성하는 진지한 주제들을 논하는 진지한 장소"라고 표현했고, 사르트르는 《전쟁 일지War Diaries》에서 카페에는 글을 쓸 때 필요한 모든 것(커피, 담배, 테이블, 펜)이 있다고 언급했답니다.

소와
자동차

거트루드 스타인
Gertrude Stein(1874~1946)

📍 시골을 달리는 차 안

노벨 문학상 수상 작가인 존 스타인벡은 그의 포드 스테이션왜건 뒷자리에 접히는 책상과 글쓰기 도구, 커피를 준비해 놓고 차를 집필실처럼 사용했습니다. 블라디미르 나보코프는 《롤리타》와 관련된 많은 메모를 차에서 썼죠. 이들처럼 아방가르드 작가 거트루드 스타인도 자동차에서 영감을 받곤 했어요.

　스타인은 미국에서 태어났지만 생애 대부분을 파리에서 보냈어요. 파트너인 앨리스 B. 토클라스Alice B. Toklas와 함께 애칭이 각각 앤티Auntie(이모 폴린을 떠올리며 붙인 이름이죠)와 고다이바(심플한 계기판이 세금 감면을 위해 나체로 말을 탄 백작 부인을 생각나게 했을까요?)인 포드 모델 T를 타고 드라이브를 즐길 만큼 차를 아주 좋아

스타인은 "바퀴 네 개도 좋지만 다리 네 개는 더 좋죠"라고 말했다.

했습니다. 운전대는 언제나 스타인이 잡았습니다. 토클라스가 백을 들고 쇼핑을 하러 가면 그는 조수석에 앉아 글을 썼어요. 심지어 차를 수리하는 동안, 차 안에 앉아서 글쓰기 기술에 대한 에세이인 〈설명으로서의 작문Composition as Explanation〉을 썼다죠.

스타인은 파리에서 살롱을 운영하며 어니스트 헤밍웨이, F. 스콧 피츠제럴드, 파블로 피카소, 살바도르 달리 등 20세기 문화를 주도한 여러 예술가들과 교류하고, 그들이 재능을 키워 나갈 수 있도록 지원했습니다. 이때의 이야기를 엮은 책 《앨리스 B. 토클라스 자서전》은 스타인의 대표작이 됐죠. 이 책에서 그는 번잡한 거리의 소음, 무엇보다 "자동차의 움직임"에서 얼마나 많은 영감을 받는지 강조했어요. 그는 빠르게 달리는 차에서 글을 쓸 때 해방감을 느꼈다고 해요. 또한 자신의 글쓰기 과정을 쉬지 않고 차를 생산하는 공장에 비교하기도 했죠. "20세기 사람들은 움직이고 싶어 한다"라고 쓰기도 했습니다.

스타인과 토클라스 커플은 때로 토요일 밤에 살롱을 여는 대신 시골로 자동차 여행을 떠났어요. 두 사람은 스타인이 글을 쓰는 데 도움을 줄 소(스타인은 소에 빗대 오르가슴, 섹슈얼리티, 레즈비언 출생의 신화적 개념 등을 이야기했어요)와 바위가 보이는 곳이 나타날 때까지 드라이브를 하곤 했습니다.

일단 그런 곳을 발견하면, 스타인은 접이식 의자에 앉아 종이에 연필로 글을 썼습니다. 그러다 영감을 줄 새로운 소가 필요하다고 느끼면, 토클라스가 새로운 소 한 마리를 스타인 앞으로 데려오거나, 두 사람이 다시 함께 차를 타고 찾아 나서야 했죠. 이렇게 해서 글을 쓰는 시간은 약 15분 정도밖에 되지 않았는데요. 스타인은 하루에 다 합해 30분씩만 글을 쓴다고 밝혔습니다.

거투르드 스타인은 시인, 작가, 극작가, 번역가이자 예술품 수집가다. 존스홉킨스대학에서 심리학과 의학을 배우고 유럽으로 떠났다. 파리에서 살롱을 열고 헤밍웨이, 피츠제럴드, 조이스, 엘리엇 등 미국의 예술가들과 깊게 교류하는 한편 유럽의 문단과 화단에 영향력 있는 대모 역할을 했다.

책상으로
변신하는 트렁크

아서 코넌 도일
Arthur Conan Doyle(1859~1930)

♀ 휴대용 책상과 런던 사우스노우드South Norwood의
자택 서재(영국)

모든 책상이 덩치가 크고 견고한 것은 아닙니다. 18세기부터 잉크
와 종이를 넣어 두고, 뚜껑을 닫으면 글을 쓸 수 있게 경사진 받침대
로 변하는 문구함이 인기를 끌었는데요.《영국 시인전Lives of the En-
glish Poets》을 쓴 새뮤얼 존슨 박사는 시인 알렉산더 포프에 대해 "그
가 일어나기 전, 문구함이 제때 침대 위에 준비돼 있어야 했다"고
언급했죠. 극작가 올리버 골드스미스를 비롯해 조지 고든 바이런
경, 제인 오스틴, 브론테 자매도 모두 문구함에 애착을 느꼈어요. 그
러나 셜록 홈스의 창조자는 이 휴대용 장치로 만족하지 못했죠.

아서 이그네이셔스Ignatius 코넌 도일 경은 돌아다니며 글 쓰는
것을 매우 좋아했습니다. 1925년에는 파리의 명품 트렁크 제작자

코넌 도일의 획기적인 이동식 작업실.

고야드Goyard에게 아주 특별한 집필용 트렁크를 의뢰하기까지 했죠. 이 집필용 트렁크는 닫혀 있을 때는 여느 트렁크와 크기나 무게가 별반 다르지 않은, 매력적인 여행 가방처럼 보였어요. 그러나 활짝 열면 책꽂이, 타자기, 서랍까지 있는 책상으로 변신했답니다.

도일은 크게 기뻐했죠. 당시에 그는 자신의 소설에 나오는 유명한 형사를 주제로 한 강연회에다, 그가 심취해 있던 심령학spiritualism 강의 때문에 정기적으로 전 세계를 여행하고 있었거든요. 고야드도 만족스러워하며 여섯 점을 추가로 제작했답니다. 2019년, 골동품 수집가이자 갤러리를 운영하는 티머시 올턴은 도일의 트렁크를 9만 6000파운드에 내놨죠.

도일은 여행을 하지 않을 때는 런던 사우스노우드의 자택 서재에서 파커 듀오폴드Parker Duofold 만년필로 셜록 홈스의 이야기를 마저 썼습니다. 그는 《스트랜드매거진The Strand Magazine》 1924년 12월호에 실린 기사에서 "책에 매우 열중해 있는 동안에는, 오후에 한두 시간 정도 산책하거나 잠을 자는 시간 말고는 종일 일할 준비가 돼 있다"고 말했어요.

《아이들러The Idler》를 창간한 작가 로버트 바Robert Barr는 《매클루어스매거진McClure's Magazine》 1894년 11월호에 실린 도일과의 인터뷰에서 그의 독특한 서재를 이렇게 묘사했습니다.

서재 구석에 놓인 것은 영국에서 흔히 볼 수 있는 상판이 평평한 책상이었다. 이 영국 작가는 특허가 스물세 가지나 적용됐으며 투명

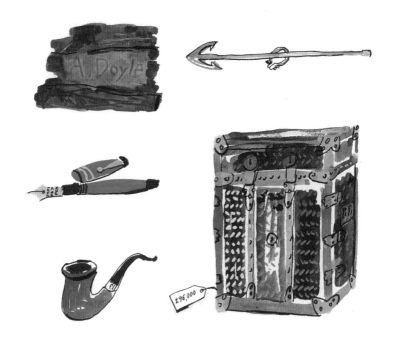

한 광택제로 반짝이는, 도도한 미국식 롤탑rolltop 데스크*를 좋아하지 않는 것 같다. 역사서가 대부분을 차지한 책장도 있다. 이 방에서 가장 눈에 띄는 것은 도일의 아버지가 그린 수채화들이다. 이 그림들은 에드거 앨런 포의 이야기처럼 기이하고 창의적이다. 한때 고래잡이배를 탔던 도일은 작살도 벽에 걸어 놨다. 조준 실력을 자랑하듯 북극곰의 두개골과 아이슬란드 매 박제도 전시돼 있다.

---

* 19세기에 유행했던, 덮개를 밀어 여는 책상.

도일이 다녔던 랭커셔주 스토니허스트칼리지에 가면, 그가 처음 쓴 책상 중 하나를 볼 수 있습니다. 이 학교 박물관에 있는 귀중한 전시품 중 하나가 바로 도일이 자기 이름을 새긴 낡은 학교 책상이거든요.

아서 코넌 도일은 의사, 작가, 시인, 심령학자, 모험가……였다. 에든버러대학에서 의학을 공부할 때 스승 조지프 벨에게서 관찰, 논리, 추론, 진단 등 좋은 의사의 자질을 포착하고, 셜록 홈스에 대한 영감을 얻었다. 3학년 때는 포경선 의사로 취업해 북극을 여행하며 방랑자의 삶에 눈떴다. 대학 졸업 후 포츠머스에서 의사로 일하며 글을 쓰던 중 1886년 《주홍색 연구》로 명성을 얻었다.

온 세상이
책상

힐러리 맨틀
Hilary Mantel(1952~)

♀ 서리주와 데번주 버들레이솔터턴Budleigh Salterton의
집필실들(영국)

맨부커상을 두 번이나 수상한 영국 소설가 힐러리 맨틀은 대중교통을 이용하고 있든 다른 사람의 차에 타고 있든 상관하지 않고 메모를 하는 등 글을 쓰는 장소에 대해 아주 유연합니다(책상에서 벗어날 수 있다는 이유만으로요). 또 아침에 눈을 뜨자마자 생각을 기록할 정도로 메모가 글을 쓰는 데 중요한 역할을 하기도 하고요.

맨틀은 글을 쓸 때 특정한 공간에 매이지 않을뿐더러 작업 방식에도 까다롭지 않아요. 손으로 쓸 때도 있고, 컴퓨터로 작업할 때도 있죠. 손에 닿는 데 있다면 그것이 무엇이든 좋아요. 그의 좌우명도 "온 세상이 책상이다All the world's a desk"라죠.

다만 글을 쓸 때 중요하게 생각하는 조건이 몇 가지 있는데요.

맨틀은 이야기를 쓰다가 막히면 책상에서 일어나
산책, 목욕, 파이 굽기처럼 완전히 다른 일을 해 보라고 조언한다.

고요하고, 1층보다 높아야 합니다.《울프 홀》을 쓴 곳은 19세기 정신 병원을 개조한 서리의 아파트 최상층이었고요. 요즘 집필실로 쓰고 있는 버들레이솔터턴의 2층 아파트도 이 조건을 충족하죠.

서리의 집필실은 삼면이 금빛 커튼을 단 창문으로 둘러싸여 있었습니다. 그래서 해가 들면 마치 금빛 텐트에 있는 것 같았죠. 맨틀은 그 안에서 학생 때 쓰던 접이식 책상에 앉아 글을 썼어요. 집필실에는 또 그의 소설《혁명 극장》의 주요 인물인 토머스 크롬웰과 로베스피에르의 초상화가 걸려 있었고요. 책장은 소설을 쓰기 전 조사하며 읽은 책들로 빼곡했습니다.

맨틀은 부엌에서 플롯을 구상하기도 했는데요.《울프 홀》때는 각 장면의 대화, 세부 사항, 중요한 요소를 적은 엽서들을 커다란 게시판에 산더미처럼 꽂아 놓고 이야기를 어떻게 풀지 고민했죠.

몇 년 동안 맨틀은 바다가 보이는 황홀한 풍경을 즐기려고 해변 근처에서 글을 쓰고 있어요. 바다를 내다볼 수 있도록 큰 창문 바로 옆에 책상을 뒀죠. 이곳에서 매일 아침 일찍 일어나 글을 쓰다가 침대에서 몇 시간 휴식을 취하고 나서 다시 글을 씁니다.

힐러리 맨틀은 아일랜드계 가톨릭 이민자인 부모님과 공장 지대에서 어린 시절을 보냈다. 대학에서 법학을 공부하고 사회복지사, 백화점 점원 등으로 일하다 보츠와나와 사우디아라비아에서 10여 년을 지낸 뒤 영국으로 돌아왔다. 1985년 등단한 이래 꾸준히 작품을 발표하며 영국의 주요 문학상을 수상했다.

인터넷
멀리하기

제이디 스미스
Zadie Smith(1975~)

📍 뉴욕 곳곳의 작은 방(미국)

영국 소설가이자 창의적 글쓰기 교수인 제이디 스미스는 운 좋게 자신이 근무하는 뉴욕대학에서 작가 E. L. 닥터로가 썼던 사무실을 물려받았습니다. 그는 여기서 글을 쓰긴 하지만, 반드시 전용 집필실이 있어야 한다고는 생각하지 않아요.

　유일한 집필 조건은 빛이 많이 들지 않고, 블라인드로 채광을 조절할 수 있는 작은 방이어야 한다는 거예요. 본업을 유지하면서 하교하는 아이들을 데려오기 위해 생긴 조건이죠. 그러니까 학교에서 학생들을 가르치지 않는 날에는 오전 9시부터 오후 2시 30분까지 적용되는 루틴인 셈이에요. 더욱 중요한 규칙은 인터넷 사용 시간을 정해 두는 차원을 넘어서서, 아예 인터넷을 연결하지 않은 컴

스미스는 소셜미디어를 하지 않으면 방해받을 일도 없다고 말했다.

퓨터로 글을 쓰는 거예요. 그는 소셜미디어도 좋아하지 않죠.

매일 글을 쓰지는 않는데요. 긴박감이 들 때 가장 잘 풀린다며, 꼭 써야 한다는 느낌이 들지 않으면 쓰지 않아요. 새 작품을 쓸 때는 절반쯤 작업했을 때 앞에 쓴 원고를 다시 읽으며 고치고 나서 나머지를 씁니다. 이 방식은 속도는 더디지만, 일단 마무리하면 추가로 수정할 일이 없거든요. 자신이 원하는 그대로 표현하기 위해 첫 50쪽에 공을 많이 들이지만, 그 뒤로는 빠르게 완성하죠.

스미스의 책상에는 다양한 장르의 소설이 있습니다. 여러 책을 쉽게 골라 읽으며 다채로운 독서 습관을 키울 수 있죠. 이런 식으로 그는 "카프카를 섬유질"로 활용하고, "형식보다는 내용의 수호성인"으로 도스토옙스키를 읽는다고 설명합니다. 그가 유일하게 지키는 독서 규칙은 글을 쓰는 동안에는 양질의 소설들만 읽고, 좀 더 "위안을 주는 음식" 같은 책들은 잠시 미뤄 두는 거죠.

동기를 부여해 주는 명언을 눈에 잘 띄는 곳에 두기도 하는데요. 최근에 즐겨 읽는 구절 중 하나는 철학자 자크 데리다가 남긴 말입니다. "비밀에 대한 권리가 유지되지 않는다면 우리는 전체주의의 공간에 있는 것이다."

제이디 스미스는 자메이카 출신 이민자인 어머니와 영국인 아버지 사이에서 태어났다. 스물다섯 살에 쓴 데뷔작 《하얀 이빨》이 출간되자마자 호평을 받으며 그해 신인 작가상을 휩쓸었다. 최근에는 단편과 에세이를 발표하는 등 꾸준히 작품 활동을 하는 한편, 뉴욕과 런던을 오가며 뉴욕대학에서 소설 창작을 가르치고 있다.

하루에 얼마나 쓸까

하루 목표 작업량은 작가마다 다릅니다. 심지어 같은 작가라도 시기에 따라 크게 달라지기도 하고요. 스릴러의 대가인 그레이엄 그린은 하루에 500단어를 썼던 반면에 SF 거장 J. G. 밸러드는 1000단어를 목표로 했습니다. 《자칼의 날》로 유명한 프레더릭 포사이스는 하루에 열두 장이나 3000단어를 썼어요. 스릴러 '잭 리처' 시리즈로 유명한 리 차일드는 하루 목표를 최소 600단어로 삼고, 두 배를 쓰는 경우는 좋은 날, 네 배를 쓰는 날은 훌륭한 날로 여긴답니다.

　《바체스터 타워》《지금 우리가 사는 방법The Way We Live Now》의 저자 앤서니 트롤럽은 자신을 "저술 노동자"라고 부르며, "하루 세 시간이면 한 사람이 써야 할 만큼을 쓸 수 있다"고 했죠. 다만 이 세 시간 동안 엄청나게 집중했는데요. 그는 자서전에서 자신의 집필 습관에 대해 자세히 설명했습니다. "이제는 이것이 습관으로 자리 잡았다. 최근에는 나 자신에게 조금 관대해졌지만, 앞에 시계를 두고 15분마다 250단어씩 쓰려고 한다. 시간이 정확히 15분 흐르는 것처럼 나도 규칙적으로 250단어를 써 내고 있다는 걸 알게 됐다."

　마크 트웨인은 자서전에서 한창때는 하루 평균 3000단어를 쓸 수 있었다고 말했습니다. 이 기록은 그의 말년으로 향하면서 점차 줄어들었어요. "1897년 런던 테드워스Tedworth 광장에 살며 《19세기 세계 일주Following the Equator》를 쓸 때는 하루 평균 1800단어를 썼지만, 여기 피렌체(1904년)에서는 네다섯 시간 동안 평균 1400단어를 쓴다"라고 밝힌 적도 있습니다.

그러나 정해진 수치에 집착하는 것은 이상적인 습관이 아닙니다. 존 스타인벡은 그 어떤 목표도 잊고 그저 하루에 한 장씩 써 보라고 제안했습니다. 어니스트 헤밍웨이도 한자리에서 너무 많이 쓰지 말고 "절대 자기 안에 있는 모든 것을 퍼내지 말라"고 조언했죠. 루이스 캐럴은 "머리가 어느 정도 맑을 때까지만 일해야 한다. 아이디어가 혼란스러워진다고 느끼는 순간, 자리를 뜨고 쉬어야 한다"라고 했습니다.

자연이 말을
걸어오는 곳

Rooms of
Their Own

이야기의 첫 문장을 쓰는 것은 어딘가 달콤하다.
다음 문장이 나를 어디로 데려갈지는 아무도 모른다.

비어트릭스 포터

글쓰기는 가면을 쓰기도 하고 벗기기도 하는 일이다.

E. B. 화이트

전망 좋은
침실

토머스 하디
Thomas Hardy(1840~1928)

♥ 도싯주 하이어보크햄프턴Higher Bockhampton 집
   침실(영국)

때로는 작가의 집필 공간보다 그곳에서 보이는 풍경이 더 중요하기
도 하죠. 토머스 하디의 경우처럼요. 하디만큼 주변 환경에 큰 영향
을 받은 작가도 드물 거예요. 그는 모든 작품에 자신의 경험을 투영
한 가상의 전원 마을 웨식스를 등장시켰어요. 이 웨식스의 자연에
대한 사랑을 일생 동안 소설과 시에 담은 거예요. 작품을 쓸 때 참고
했던 여러 영감 노트들에는 화가의 스케치처럼 날씨, 노을, 자연의
소리에 관한 하디의 기록이 가득했답니다.

　하디는 도싯주의 중심 도시 도체스터와 가까운 하이어 보크햄
프턴에서 태어났습니다. 그가 나고 자랐던 오두막집은 삼림과 황야
로 이루어진 손컴숲Thorncombe Wood 북쪽 끝에 있었어요. 숲은 다시

하디는 그의 시골집에 대해 이렇게 썼다.
"서향집 주위에 온통 높이 솟은 너도밤나무, 구부러져 나뭇가지 베일을 드리우네."

블랙히스Black Heath로 이어지고요. 하디는 이 블랙히스에서 영감을 얻어《귀향》《캐스터브리지의 시장》의 배경 지역인 에그돈히스를 창조했죠.

하디는 스물두 살에서 스물여덟 살까지 런던에서 건축 기사로 일했던 시기를 제외하면 서른네 살까지 이 오두막집에서 살았어요. 이곳 침실에서 웨식스의 풍경을 처음 소개한《성난 군중으로부터 멀리》와《푸른 숲 나무 아래Under the Greenwood Tree》를 썼습니다.

처음에는 나이 차가 있는 남동생 헨리와 침실을 함께 썼어요. 주변을 내려다볼 수 있는 창가에 작은 나무 책상을 가져다 두고 글을 썼는데요. 열여섯 살 때 완성한 시〈도미킬리움Domicilium〉을 읽어 보면, 첫 번째 절에 이 시골집이 묘사돼 있어요. 어린 나이에도 자연을 작품의 중심에 두기로 했음을 알 수 있죠.

이 시골집은《푸른 숲 나무 아래》에서 행상인 혹은 운반자의 집으로 등장합니다. "길고 낮은 시골집은 짚으로 된 모임지붕과 처마를 파고든 지붕창이 있으며, 지붕 가운데와 양 끝에 굴뚝이 있다"고 묘사했어요. 이 지붕창 중 하나가 바로 하디가 소설을 썼던 침실의 창문이었습니다.

토머스 하디는 석공의 아들로 태어나, 학교에 가기 전까지 글을 좋아하는 어머니의 가르침을 받았다. 학업 성적이 좋았지만 집안 형편 때문에 열여섯 살에 건축가의 도제가 됐다. 이후 런던에서 건축 기사로 일하며 견문을 넓히는 한편 소설을 쓰기 시작했다. 마흔한 살에 고향에서 직접 지은 집에 살며 집필에 열중했다.

포기할 수 없는
바다 풍경

빅토르 위고
Victor Hugo(1802~1885)

📍 건지섬 세인트피터포트St. Peter Port 자택의 옥상 집필실
(영국령 채널제도)

빅토르 위고는 나폴레옹 3세와 정치적으로 충돌한 끝에 프랑스에서 추방돼, 1855년 건지에서의 삶을 시작했습니다. 그는 지체 없이 세인트피터포트 오트빌 38가에 있던 하얀 저택 오트빌하우스Haute-ville House를 사들이고 손을 봤어요. 작은 것 하나까지 집주인의 뜻에 따라 고친 이 집은 거의 모든 방이 화려한 고딕 양식으로 꾸며졌죠.

    1861년, 위고는 '전망대Lookout'라고 알려진 집필실을 옥상에 새로 만들었습니다. '전망대'는 커다란 유리창이 삼면을 둘러싼 데다 지붕도 유리로 덮여 있어 마치 집 꼭대기에 있는 온실 같아요. 위고는 여기에 거울을 여러 개 달아 환한 빛을 강조하고, 또 어디에서든 바다가 보이도록 신경 썼어요. 1851년 런던 세계 박람회장으로

위고의 집필실 '전망대'는 여름에는 찌는 듯 덥고, 겨울에는 얼어붙을 듯 추웠다.

지어진 크리스털 팰리스에서 영감을 받았기 때문에, 그는 이 집필실을 "크리스털 룸"이라고 불렀죠. 위고는 1862년부터 망명 생활이 끝날 때까지 이 다섯 평이 조금 넘는 집필실에서 글을 썼습니다. 네, 바로 여기서 《레미제라블》과 《바다의 노동자》가 탄생했어요.

망명 생활을 하는 15년 동안, 위고는 바다가 보이는 창가에 스탠딩 데스크를 두고 힘Herm섬과 사크Sark섬, 맑은 날에는 프랑스까지 보이는 전망을 즐기며 글을 썼습니다. 창가에서 갈매기와 배, 밀물과 썰물을 바라보며 글을 쓰고 깊은 생각에 잠기는 모습을 시로 표현하기도 했죠.

위고는 친구이자 프랑스 언론인 오귀스트 바크리에게 이런 편지를 썼습니다. "하늘과 바다가 이 방에 운치를 더해 준다네. 어둑한 모퉁이와 탁 트인 시야가 있는 곳이라면 어디에서든 몽상을 즐길 수 있지?"

위고는 오트빌하우스의 다른 방들처럼, 집필실 벽도 파란색과 하얀 색의 델프트 도기 타일로 장식했습니다. 호화로운 분위기보다는 편안한 느낌을 주는 가구들로 채워진 집필실에는 3단 소파가 있었는데, 그는 완성한 원고를 이 소파에 올려 두고 잉크를 말리곤 했어요. 바닥에는 동그랗게 구멍을 뚫고 유리로 막아, 아래층까지 빛이 들어가도록 했죠.

집필실에는 루이 15세 스타일의 난로도 있었는데, 큰 도움은 되지 않았습니다. 건지섬의 캔디가든에서 열린 위고 동상 건립식에서 그의 아들 조르주는 이렇게 말했죠.

아버지의 집필실은 너무 더워서 페인트가 벗겨지고, 거울의 수은이 녹을 지경이었어요. …… 유리창에 둘러싸여 여름에는 맹렬한 더위와 싸워야 했다면, 겨울에는 얼어붙을 듯한 추위와 싸워야 했죠. 활짝 열린 창문으로 허리케인 같은 바람이 들어왔지만 아버지는 코트도, 모자도 없이 언제나 침착하고 차분하게 글을 쓰셨습니다.

위고는 아침마다 집필실에서 글을 썼습니다. "새벽이 되기 전에 일어나 정오에 일을 마치는 작가가 성공한다"는 말도 남겼죠. 오트빌을 방문한 프랑스 저널리스트 폴 스태퍼에게는 글을 쓰기 전 언제나 아침 식사로 날달걀 두 알과 차가운 커피 한 잔을 마신다고 말했습니다. 일이 항상 술술 풀린 것은 아니었는데, 그건 아마도 스태퍼가 언급한 것처럼 "이 위층 방에는 무질서와 혼돈이 가득했기" 때문일 것입니다.

스태퍼는 위고의 글쓰기 루틴을 묘사하며 재미난 일화를 하나 덧붙였습니다.

오전 11시가 되면, 글에 대한 열정과 겨울의 온실을 따뜻하게 데워 주는 난방 때문에 땀을 비 오듯 흘리던 그가 발가벗고, 밤새 바깥에 내놔 차가워진 물을 몸에 끼얹었다. 이 시간에 그의 집 앞을 지나다가 우연히 유리 집필실을 올려다본 사람들은 하얀 유령이 산다고 생각할 것이다. 위고가 자신에게 세심히 맞춘 루틴에서 두 번째로 중요한 것은 말총 장갑으로 몸을 마구 문지르는 것이었다.

오후가 되면 위고는 섬을 한 바퀴 돌거나 연인 쥘리에트 드루에를 만나러 가기도 했습니다.

빅토르 위고는 대학에서 법학을 공부하는 한편 시에 대한 열정을 버리지 않았다. 시집, 희곡, 소설 등 발표하는 작품마다 좋은 평가를 받았다. 1841년 아카데미 프랑세즈 회원으로 선출되고부터는 10년간 정치 활동에 전념했으나, 나폴레옹 3세의 쿠데타에 반대하다 추방당했다. 망명 생활을 하는 동안 《레미제라블》을 비롯한 대표작들을 써냈으며, 1870년 나폴레옹 3세가 몰락하자 프랑스로 돌아왔다.

정원이
내다보이는 서재

안톤 체호프
Anton Chekhov(1860~1904)

📍 멜리호보Melikhovo와 얄타의 여러 서재들(러시아)

러시아의 천재 작가 안톤 체호프는 의외로 꽤 평범한 서재들에서 글을 썼습니다. 집필실을 신성하게 유지해야 한다고 고집하지 않았죠. 다만 책상 위치는 중요하게 생각했어요.

모스크바대학 의학부에 다닐 때 폐결핵을 앓은 체호프는 사할린에 다녀온 뒤 건강이 더욱 악화됐습니다. 결국 모스크바에서 남쪽으로 약 65킬로미터 떨어진 멜리호보에 단층집을 구해 부모님, 여동생과 함께 살았습니다. 서재 창가에 책상을 두고, 자신이 사랑하는 정원과 사과나무들과 허브 정원을 내다보곤 했죠.

그러나 마음껏 글쓰기에 집중하지는 못했습니다. 자애로운 지주였던 그는 콜레라에 걸리거나 건강에 이상이 생긴 소작인들을 적

작가, 의사 그리고 열정적인 원예가였던 체호프는
책상에 앉아 정원을 내다보기를 좋아했다.

극적으로 도왔거든요. 이때 서재를 임시 진료소로 썼죠.

이사하고 2년 뒤에는 집에서 가까운 벚꽃 동산에 작은 별채를 지었습니다. 테라스에서 정원이 내려다보이는 곳이었죠. 체호프는 이 별채 위층 방에서 희곡 〈갈매기〉와 〈바냐 아저씨〉를 완성했어요. 별채 앞에는 "내 집, 〈갈매기〉를 쓰기 시작한 곳"이라고 적힌 간판을 만들어 걸었고요.

체호프는 글을 쓸 때 아침에는 커피를 마시고, 정오가 되면 수프를 먹었어요. 서재는 책상, 의자, 소파 같은 가구와 벽에 걸린 많은 그림과 사진으로 잘 꾸며져 있었죠.

러시아 극작가 이그나티 포타펜코 Ignaty Potapenko는 친구 체호프를 회상하길, 불현듯 떠오른 생각을 적어 두러 잠시 서재에 갔다 오는 경우를 빼면, 자신을 찾아온 손님들과 좋은 시간을 보냈다고 썼습니다.

체호프는 서재 밖 세상에서 자주 영감을 받았습니다. 체호프와 그의 글을 뒷받침해 준 것은 바로 정원이었죠. 그는 원예학과 꽃, 나무, 채소 재배에 관한 모든 글을 탐욕스럽게 읽었고, 인부에 의존하는 대신 자기 손으로 직접 정원을 가꿨습니다. 매일 정원 일을 하지 않았다면 글도 쓸 수 없었을 거라고 했죠. "만약 내가 작가가 되지 않았다면 정원사가 됐을 겁니다." 〈벚꽃 동산〉이라는 희곡을 쓰기도 한 작가가 나무 50그루를 심은 것도 바로 이 정원이었어요. 그러나 안타깝게도 그가 1899년에 결핵 요양을 하러 가면서 집을 판 뒤, 그가 심은 나무들은 모두 베이고 말았습니다.

　체호프는 공책에 메모를 할 때는 연필로 썼지만, 원고는 주로 펜과 잉크로 썼습니다. 그가 남긴 메모나 친구들과 가족들에게 쓴 편지를 보면, 정원이 그의 삶과 앞으로의 작품, 원고 곳곳에 등장하는 식물들의 이름에 얼마나 많은 영향을 끼쳤는지 알 수 있어요. 그는 정원에 심은 모든 식물의 종을 기록해 놓기도 했죠. 〈갈매기〉원고를 보면, 가장자리에 구근들과 식물들의 이름이 적혀 있답니다. 그의 다른 작품들에서처럼 등장인물들의 대사에 꽃과 정원이 끊임없이 나오고요. 〈바냐 아저씨〉의 의사 아스트로프는 숲이 천연자원으로서 얼마나 중요한지 굳게 믿는 인물이며, 유실수의 파멸은〈벚꽃 동산〉의 핵심 요소입니다.

〈갈매기〉로 성공을 거둔 체호프는 흑해 연안에 위치한 얄타의 변두리 땅을 사서 새집을 지었습니다. '하얀 별장'이라고 알려진 이 집에서 그는 〈세 자매〉와 〈벚꽃 동산〉을 썼습니다. 커다란 파란색 책상과 무늬 벽지, 아버지가 그린 그림과 유명한 러시아 예술가 이사크 레비탄의 풍경화 등으로 꾸민 안락한 서재가 있었어요. 하지만 폐결핵이 악화돼 고통받는 체호프에게 위안을 준 것은 역시 그의 정원과 주변 환경이었죠. 가장 유명한 단편 중 하나인 〈개를 데리고 다니는 여인〉도 서재 창가에서 해안을 바라보던 중 영감을 받고 쓴 작품입니다. 멋진 휴양지인 얄타는 부유층들이 찾아와 불륜을 저지르는 일이 잦았는데, 이런 사실이 불륜을 소재로 하는 소설의 기반이 됐습니다.

안톤 체호프는 어려서부터 가난해 학교 공부를 하면서 집안을 돌봐야 했다. 모스크바대학 의학부에 입학한 뒤에는 생활비를 벌기 위해 잡지에 글을 싣기 시작했다. 이때 폐결핵에 걸려 줄곧 고생하다가, 사할린에 다녀온 뒤 건강이 악화돼 멜리호보로 이사하고 집필 활동을 이어 갔다.

경치 좋은
이끼 오두막

윌리엄 워즈워스
William Wordsworth(1770~1850)

♀ 컴브리아주 레이크디스트릭트의
　그래스미어Grasmere 자택 오두막(영국)

영국의 낭만파 시인 윌리엄 워즈워스는 프랑스와 독일을 비롯한 유럽 여러 나라, 알프스산맥, 그리고 영국의 여러 지역을 도보로 여행하며 자연에서 위로와 영감을 받았습니다. 1803년에는 여동생 도로시와 함께 스코틀랜드를 여행했는데요. 이 여행 중에 도로시가 "속을 파낸 건초 더미" 같다고 묘사한 건축물을 발견했습니다. 이끼가 낀 돔 모양의 둥그런 나무 오두막이었죠.

　레이크디스트릭트에 있는 자택 도브코티지Dove Cottage로 돌아오자마자, 두 사람은 여행 중에 본 건축물을 본떠서 자신들만의 오두막을 짓기 시작했습니다. 그러나 안타깝게도 도로시가 여행기 《스코틀랜드 여행의 추억Recollections of a Tour Made in Scotland》에서 언

워즈워스가 자연과 어우러진 피난처로 삼은 나무 오두막.

급한 것처럼 잘못된 위치에 지어 버리고 말았죠. 그래서 산책하는 사람들과 더 거리를 두고 아름다운 경치를 감상하기 위해 "약 90미터 정도 더 멀리 옮기고 싶었다"고 했어요.

1804년 가을, 새로운 오두막은 그들의 집보다 더 높은 정원 위쪽에 자리를 잡았습니다. 워즈워스는 집에 있는 여러 방에서 글을 썼지만, 새로운 오두막에서 작업할 때 가장 행복해했어요. 겉은 이끼와 히스로 뒤덮였고, 안에는 긴 의자가 오두막 벽을 빙 두르고 있었죠. 그는 이 오두막을 석양이 비치는 서쪽을 향해 있는 굴뚝새 둥지에 비유했습니다.

오두막은 워즈워스가 세상과 집의 떠들썩한 분위기에서 벗어날 수 있는 피난처였어요. 그는 남동생에게 이곳이 자기만의 "멋지고 조그마한 사원"이라고 설명했죠. 이 오두막을 가려면 짧지만 가파른 계단을 올라가야 했는데, 그래서 오히려 집에서 어느 정도 떨어져 있다는 느낌을 줬고, 동시에 그의 삶과 집이 자연환경과 어우러질 수 있었습니다. 그는 이 오두막 집필실에서 큰 영감을 받아《서곡》과〈난 구름처럼 외롭게 떠도네 I Wandered Lonely as a Cloud〉같은 대표작들을 썼어요.

안타깝게도 워즈워스 남매가 이 집을 떠나고 새로 온 주인이 이끼 오두막을 철거하고 말았습니다. 그러나 워즈워스는 이 집필실이 무척 마음에 들었기 때문에 라이달마운트 Rydal Mount 근처의 훨씬 넓은 집으로 이사를 가서도 자그마한 석조 집필실을 지었어요. 한 하인이 손님에게, 워즈워스의 책들은 집 안 서재에 보관하지만 "그의 집필실은 야외에 있어요"라고 말한 적도 있다고 해요. 2020년, 워즈워스의 철거된 이끼 오두막이 다시 지어졌는데, 컴브리아 지방의 오크로 둥지 모양을 똑같이 재현했다고 합니다.

윌리엄 워즈워스는 영국 컴벌랜드 레이크디스트릭트의 아름다운 소도시에서 태어났다. 부모님이 일찍 세상을 떠나, 친척과 이웃의 손에 자라는 동안 자연의 아름다움에서 위안을 얻었다. 친구 새뮤얼 테일러 콜리지와 영국 낭만주의 운동에서 중요한 작품인 《서정 담시집Lyrical Ballads, with a Few Other Poems》을 썼다. 콜리지와 레이크 디스트릭트를 여행하다 매물로 나온 도브코티지를 사들였다.

작가의 도구 1: 의자

작가들은 한번 앉으면 그 자리에서 꼼짝도 하지 않고 몇 시간씩 일하기 때문에 편안한 의자가 필요합니다. 다작으로 유명한 독일의 극작가이자 시인이자 소설가인 요한 폰 괴테는 건강하고 인체 공학적인 글쓰기 환경이 얼마나 중요한지 잘 알았습니다. 그는 보통 스탠딩 데스크에서 글을 쓰다가, 피곤해지면 푹신한 안락의자에 몸을 맡기는 대신 등받이가 없는 높은 원목 의자인 지츠버크sitzbock에 걸터앉았죠. "당나귀"라고도 부르는 이 의자는 작은 안마鞍馬와 승마용 안장을 합한 모양에 다리 네 개가 사선으로 붙어 있습니다. 반쯤 서서 걸터앉기에 적합해 척추를 똑바로 세우고 등 근육을 이완시켜 주죠.

마크 트웨인과 찰스 디킨스는 라탄 의자를 좋아했습니다. 특히 치루를 앓던 디킨스는 등나무 줄기로 엮어 공기가 통하는 라탄 의자가 증상을 완화시켜 줄 것이라며 매우 좋아했는데요. 같은 질병으로 수술을 받은 친구이자 저널리스트, 인쇄업자인 프랜시스 달지얼 핀레이에게 이런 편지를 쓰기도 했습니다.

"지금쯤이면 구멍이 뚫려 있는 라탄 의자에 앉는 게 얼마나 중요한지 알 거라 생각하네. 이것처럼 좋은 의자는 없다고 확신해. 나는 이렇게 임시로 호텔에서 지내는 동안에도 항상 이 의자를 가지고 다닌다네."

J. K. 롤링이 《해리 포터와 마법사의 돌》과 《해리 포터와 비밀의 방》을 쓸 때 앉았던 의자는 전혀 고급스럽지 않습니다. 1930년대의 붉은 엉겅퀴 장식이 있는, 오크로 만든 식탁 의자였죠. 2000년에 《해리 포터와 불의 잔》을 발표한 뒤, 롤링은 자선 경매에 이 의자를 기증했습니다. "예쁘다고 생각하지 않겠지만, 생긴 것만으로 이 의자를 판단하지 말라. 나는 이 의자에 앉아서 '해리 포터'를 썼다"라는 글귀를 새겨서요. 이 의자는 롤링이 1995년 에든버러 공영 아파트에 살 때 공짜로 받았는데요. 2016년 경매에서 27만 8000파운드에 팔렸습니다. 그가 쓴 보증서에는 "향수에 젖은 나는 이 의자를 떠나보내는 게 슬프지만, 내 등은 그렇지 않다"라고 적혀 있었다죠.

문학적인 의자의 성배는 아마도 셰익스피어의 의자일 것입니다. 명확한 증거는 부족하지만, 내셔널트러스트가 소유한 케임브리지셔의 앵글시사원Anglesey Abbey에 있는 조각된 오크 의자도 여러 경쟁자 중 하나예요.

동화 속
무대

비어트릭스 포터
Beatrix Potter(1866~1943)

📍 컴브리아주 니어소리Near Sawrey의 농장 침실(영국)

비어트릭스 포터는《피터 래빗 이야기》로 엄청난 성공을 거두고, 1905년에 니어소리에 있는 17세기 농장 힐탑Hill Top을 사들였습니다. 어릴 때부터 동물과 자연에 애정이 많았던 그가 개발 위기에 놓인 이 땅을 그냥 지나치지 못했던 거예요.

포터는 근처의 다른 농장 캐슬코티지Castle Cottage에서 살면서, 힐톱은 조용히 글 쓰는 공간으로 활용했어요. 2층 침실 창문 앞에 놓인 자그마한 원목 책상에서 주로 작업했죠. 이곳에서 모두 열세 편을 집필했다고 해요.

포터는 친구들의 자녀들에게 편지를 보내곤 했습니다. 가정교사였던 애니 카터 무어의 아이들, 그중에서도 특히 허약했던 노엘

포터는 유언장에 자신이 세상을 떠난 뒤에도
힐탑을 손대지 않고 "방문객들이 나를 간발의 차로 놓친 것처럼,
내가 조금 전까지 집에 있었던 듯이" 변함없는 상태를 유지해야 한다고 명시했다.

에게 자주 편지를 썼는데요. 어느 날은 작은 토끼 피터 래빗의 이야기를 지어서 보내 줬죠. 이것이 바로 《피터 래빗 이야기》의 시작이 됐습니다.

포터는 《피터 래빗 이야기》를 책으로 출간하고 싶었어요. 하지만 아이가 잘 쥘 수 있도록 책이 작아야 하고, 글에 운율이 맞지 않아야 한다는 그의 뜻을 들어주는 출판사를 찾지 못했죠. 결국 그는 1901년에 자비로 250권을 제작했습니다. 이후 프레더릭 원Frederick Warne 출판사에서 다시 책을 출간해 석 달 만에 2만 부 이상을 판매했어요.

첫 책으로 명성을 얻은 뒤에도 포터는 1903년에 《글로스터의 재봉사》를 직접 출판합니다. 또 같은 해에 피터 래빗 인형을 디자인하고 특허를 획득하며 일찌감치 자신의 창작물을 상품화했죠. 찻잔 세트, 벽지, 문구류 등 제품들을 생산할 때도 모두 그가 직접 감독했어요.

힐탑을 가 보지 않은 사람이라도, 포터가 쓴 이야기만 읽으면 현관 돌바닥, 18세기에 만들어진 난간, 찬장(《새뮤얼 위스커스 이야기》), 인형 집과 가구(《말썽꾸러기 쥐 두 마리 이야기》) 등 집 안 곳곳을 머릿속에서 생생하게 그려 낼 수 있어요.

포터는 정원에 애정이 많았습니다. 직접 정원을 설계하고 가꿨죠. 다른 작품도 마찬가지이지만, 특히 《톰 키튼 이야기》는 꽃과 관목을 자세히 묘사하고 있어요. 그래서 오늘날에는 정원을 가꾸는 사람들에게 안내서 역할을 톡톡히 하죠. 또 이 책에는 하얀 쪽문, 돌담, 힐탑에서 바라보는 아름다운 농장 풍경도 생생하게 담겨 있어요.《제미마 퍼들 덕 이야기》에서도 비슷한 정원과 주변 경치를 담았습니다.

비어트릭스 포터는 영국 아동 문학 작가이자 일러스트레이터다. 어릴 때부터 여러 동물을 키우고, 니어소리 등에서 휴가를 보내면서 자연을 사랑하게 됐다. 니어소리가 있는 레이크 디스트릭트의 환경을 보존하기 위해 애썼다. 세상을 떠날 때는 방대한 땅과 농장, 저택 등을 내셔널트러스트에 기증했다.

웨일스의
절벽 위 작은 방

딜런 토머스
Dylan Thomas(1914~1953)

♀ 웨일스 로언Laugharne의 오두막(영국)

1949년, 딜런 토머스는 BBC 방송에 출연해 자신의 시 몇 편을 낭송했습니다. 그는 "꽤 독특한" 시는 제외하고, "웨일스의 작은 방에서 오만하지만 헌신적으로 시작했을" 때의 시들을 골랐다고 설명했죠.

토머스는 확실히 좁은 공간에서 영감을 받았어요. 런던 딜란시가Delancey Street에 있는 아파트에 살 때는 정원 끄트머리에 카라반을 세워 두고 그 안에서 글을 썼죠. 자전소설《젊은 개 예술가의 초상》대부분은 웨일스 로언에 있는 여름 별장에서 완성했고요. 후원자 마거릿 테일러가 마련해 준 옥스퍼드대학 모들린칼리지의 별관과 웨일스 뉴키New Quay 근처에 하워드 드월든 경이 소유했던 라니나 맨션의 별채인 애플하우스도 좋아했죠.

토머스는 오두막에서 글을 쓰다가 정오가 되면 언제나 브라운스호텔에 가서 술을 마셨다.

그중에서도 가장 유명한 집필실은 토머스가 마지막으로 썼던 로언의 오두막입니다. 1920년대에 이 동네에서 처음으로 차를 몰던 동네 의사가 자신의 녹색 울슬리Wolseley를 보관하던 차고였죠. 이곳은 타프강River Taf 어귀가 내려다보이는 절벽 위 도로 끄트머리에 있었습니다. 절벽 밖으로 튀어나간 부분은 캔틸레버식으로 주철 기둥이 떠받치고 있었고요. 1949년, 그와 아내 케이틀린이 마거릿 테일러가 제공해 준 근처의 보트하우스Boathouse에 사는 동안, 이 오두막이 그의 집필실로 쓰였죠. 토머스는 테일러에게 이런 감사 편지를 보내기도 했습니다.

"절벽 위에 있는 물과 나무의 집필실에서 쓰는 모든 글과 단어에는 당신에게 감사한 제 마음이 담길 것입니다."

오두막은 토머스의 안식처나 다름없었습니다. 창문과 난로가 있는 이곳을 그는 가장 좋아하는 작가들(루이스 맥니스, 바이런 경, 월트 휘트먼, W. H. 오든, D. H. 로런스)의 사진과 좋아하는 구절, 보티첼리의 〈비너스의 탄생〉, 피터르 브뤼헐의 〈농부의 결혼식〉 같은 복제 그림으로 장식했어요. 다리를 빨갛게 칠한 책상에는 서류 더미뿐 아니라 그가 좋아하는 사탕도 놓여 있었는데요. 항상 손에 닿는 자리에 두고, 떨어지지 않도록 준비했죠. 책장들도 있었지만, 아내 케이틀린이 그가 책에 빠져드는 대신 일에 집중할 수 있도록 레이먼드 챈들러와 다른 작가들의 스릴러 소설을 빼 버렸어요. 그는 모든 글을 손으로 썼고, 마음에 들지 않는 원고는 그냥 바닥에 던져 버렸습니다.

딜런 토머스는 친구이자 같은 작가인 헥터 매키버Hector MacIver
에게 보낸 편지에서 "내 서재이자 집필실, 시인의 오두막은 절벽 꼭
대기에 있어"라고 썼습니다. 이 꼭대기에서 그는 카마던 베이를 가
로질러 랜스테판Llansteffan 반도까지 펼쳐지는 멋진 전경을 만끽했
어요. 창밖으로 보이는 존 경의 언덕Sir John's Hill을 소재로 같은 제
목의 시도 쓴 적이 있죠. "존 경의 언덕 위로 / 불타는 듯한 매가 가

만히 있다." 이 차고는 그의 서른다섯 번째 생일을 기념하기 위한 〈그의 생일에 부치는 시Poem on His Birthday〉에서 가장 잘 드러납니다. "높은 기둥 위에 세운 그의 집에서 / 새들의 재잘거림"으로 시작하며 자신을 "수다스러운 방에 있는 시인"으로 묘사했죠. 시 〈밤의 어둠 속으로 순순히 들어가지 말라Do Not Go Gentle into That Good Night〉와 〈밀크우드 아래서Under Milk Wood〉의 일부도 이곳에서 썼습니다.

토머스의 평소 글쓰기 루틴은 그의 집필실만큼 단순했는데요. 오전에는 책을 읽거나 편지를 쓰거나 십자말풀이를 하고, 정오에는 브라운스호텔Brown's Hotel에서 술을 한잔하고, 오후 1시쯤 식사를 하러 집으로 돌아갔다가 2시부터 7시까지 오두막에서 글을 썼습니다. 그가 집중해서 글을 쓸 수 있도록 케이틀린은 가끔 오두막 문을 밖에서 잠그기도 했죠. 저녁이 되면 부부가 함께 다시 브라운스호텔을 찾았어요.

토머스의 오두막은 시인이 세상을 떠난 뒤에도 여전히 인기가 많았습니다. 로알드 달은 웨일스로 가족 여행을 왔을 때 이 오두막에서 영감을 얻어 정확히 같은 비율로 자신의 오두막 집필실을 지었죠. 2003년에는 토머스의 낡은 오두막을 약 2만 파운드를 들여 보수했어요(재미있게도 처음 오두막을 짓는 데는 5파운드밖에 들지 않았죠). 내부도 빈 맥주병들, 파란색과 흰색 줄무늬 머그컵(한 웨일스 도자기 회사가 같은 머그컵을 만들어 판매하고 있어요), 의자

등받이에 걸어 놓은 재킷까지 그가 매일같이 드나들던 당시 그대로 꾸며 놓았어요. 2011년 첼시꽃박람회에서는 그의 차고 집필실을 재현했고, 토머스 탄생 100주년 때는 집필실 모형을 제작해 영국과 웨일스 곳곳에서 순회 전시를 했다고 해요.

딜런 토머스는 20세기 웨일스를 대표하는 시인이다. 젊은 나이에 천재 시인으로 불리며 폭발적인 인기를 얻었다. 낭독회와 라디오 방송으로 생계를 꾸렸다. 1949년 가족과 함께 로언의 보트하우스로 이사하고, 100미터 거리에 있는 오두막에서 글을 썼다. 1950년부터는 미국으로 강연과 시 낭독 여행을 다니며 이름을 알렸다. 마지막 여행 중 뉴욕에서 과로와 음주로 세상을 떠났다.

나무가 주는
위로와 영감

D. H. 로런스
D. H. Lawrence(1885~1930)

♀ 뉴멕시코주 타오스카운티의 나무들(미국)

작가들은 어디에서 영감을 얻을까요? 어떤 작가는 책상에 올려 둔
부적에서, 또 다른 작가는 창밖으로 보이는 멋진 풍경에서 영감을
얻곤 합니다.

《채털리 부인의 연인》을 쓴 D. H. 로런스는 나무에서 위로와 영
감을 얻었습니다. 나무 가까이에서, 나무 아래에서, 때로는 나무에
관한 글을 쓰면서요. 물론 그가 곧잘 발가벗고 오디나무에 올라갔
다는 소문이 어디까지 진실인지는 알 수 없지만요.

로런스는 뉴멕시코주 타오스카운티에 있는, 지금은 'D. H. 로
런스 목장'이라고 알려진 카이오와목장Kiowa Ranch의 나무들을 특히
좋아했습니다. 목장은 해발 2600미터 높이에 면적이 약 65헥타르

"나는 매일 아침 숲에 들어가 글을 쓴다네."

나 됐어요. 그는 이 고요한 전원에 파묻혀, 아내 프리다와 함께 소박한 오두막에서 살았어요. 여러 친구들과 어울리며《날개 달린 뱀The Plumed Serpent》《세인트 모어St. Mawr》《도망친 여자The Woman Who Rode Away》를 썼죠.

오두막 문 앞에는 로런스가 "수호천사"라고 부른 커다란 폰데로사 소나무 한 그루가 서 있었어요. 그는 아침마다 이 나무 밑 벤치에서 글을 썼답니다. 아침 내내 글을 쓰고, 점심을 먹은 뒤에는 프리다에게 새로 쓴 글을 읽어 줬죠.

로런스 말고도 이 벤치에서 작품을 창작한 작가가 있는데요. 바로 20세기 미국 미술을 대표하는 독보적인 화가 조지아 오키프입니다. 그는 1929년에 몇 주 동안 로런스의 목장에 머무르며 이 벤치에서〈로런스 나무The Lawrence Tree〉라는 작품을 그렸다죠.

화가이자 사교계 명사인 도러시 브렛Dorothy Brett은 목장에서 보낸 시간을 정리해《로런스와 브렛 : 우정Lawrence and Brett: A Friendship》이라는 책을 발표했는데요. 여기서 나무를 중심으로 돌아가는 로런스의 일과를 다음과 같이 묘사했습니다.

바람 한 점 없는 고요한 아침, 공책과 만년필을 들고 숲으로 떠난다. 파란 셔츠와 흰 코듀로이 팬츠 차림에 뾰족한 밀짚모자를 쓰고 소나무에 기대앉은 그의 모습이 이따금 나무들 사이로 보인다.

브렛은 또 점심을 먹자고 부르러 갔다가 나무에 기대어 "쓰고 있는 이야기의 세계에 빠져 깊은 꿈을 꾸는" 로런스를 발견했다고 회상했습니다.

로런스는 독일 바덴바덴 에버슈타인부르크Ebersteinburg에 있는 슈바르츠발트* 마을 근처 숲에서 글을 쓰는 것도 좋아했습니다. 1921년 6월, 화가 잰 주타Jan Juta에게 이런 편지를 보내기도 했죠.

나는 매일 아침 숲에 들어가서 글을 쓴다네. 숲에서 신비로운 영감을 받지. 나무들이 꼭 살아 있는 동반자 같거든. 나무들에게서 역동적이고 비밀스러우며 인간과는 다른 힘이 뿜어져 나오는 듯해. 특히 전나무들이 그렇지.

로런스의 다른 작품들과 마찬가지로, 1922년에 발표한 소설 《아론의 지팡이Aaron's Rod》도 숲에서 완성했습니다.

나 세상 떠나도, 내 영혼은 이곳을 잊지 못할 것이다. …… 나는 이 숲을 떠날 수 없다. 이 숲이 내 영혼의 일부를 가져갔다.

실제로 로런스는 이 소설에서 나무들이 어떻게 바람을 타고 서로 대화를 나누는 것처럼 보이는지를 탁월하게 묘사했습니다.

....
* '검은 숲'이라는 뜻으로, 침엽수가 빽빽하게 솟아 있다.

《채털리 부인의 연인》은 이탈리아 피렌체와 가까운 스칸디치의 빌라미렌다Villa Mirenda(빌라라르치프레소Villa L'Arcipresso라고도 부르죠) 인근 숲속 커다란 우산소나무 아래에서 썼는데요.《첫 번째 채털리 부인The First Lady Chatterley》(로런스는 최종적으로 제목을 정하기 전에 두 가지 버전을 썼습니다)의 서문에서 아내 프리다는 이렇게 설명했습니다.

그가 늘 찾아갔던 우산소나무를 보러 가는 길에는 올리브나무도 있었다. 그 길을 따라 백리향과 박하가 자랐다. 보라색 아네모네, 야생 글라디올러스, 바이올렛, 은매화도 흐드러졌다. 흰 소들은 차분히 밭을 갈았다. 그는 꼼짝도 않고 앉아 있었다. 글을 쓰는 손만 바삐 움직였다. 얼마나 가만히 있었는지, 도마뱀들이 그의 몸 위로 뛰어 올라가거나 새들이 그 주변을 총총 뛰어다녔다.

D. H. 로런스는 탄광촌에서 광부인 아버지와 교사였던 어머니 사이에서 태어났다. 가난과 가정불화 속에서도 어렵게 공부해 교사가 됐다. 어머니가 돌아가신 뒤에 우연히 만난 은사의 부인이자 여섯 살 연상의 독일인인 프리다에게 한눈에 반해 사랑의 도피행을 벌였다. 대담한 성 묘사로《채털리 부인의 연인》을 비롯해 발표하는 작품마다 논란을 일으켰다.

집필실
바깥의 삶

잭 런던
Jack London(1876~1916)

📍 캘리포니아주 글렌엘런 집의 포치와 서재(미국)

잭 런던은 《야성의 부름》《늑대 개》등 동물의 시선으로 자연을 묘사한 소설들로 유명한 미국의 자연주의 작가입니다. 파란만장한 삶을 살다가, 아쉽게도 마흔 살에 갑작스럽게 세상을 떠났죠. 열다섯이라는 어린 나이에 양식장에서 굴을 훔쳐 파는 '굴 해적'이 되기도 하고, 알래스카 클론다이크에서 금을 채굴하기도 했어요. 러일전쟁 때는 일본과 조선에서 샌프란시스코 신문사 특파원으로 활동했고요. 심지어 부랑 죄로 감옥에 수감된 적도 있죠. 이런 다양한 경험들은 그가 소설을 쓰는 밑바탕이 됐습니다.

1905년, 런던은 두 번째 결혼을 하면서 캘리포니아주 북부 글렌엘런의 큰 농장을 사서 행복한 마음으로 정착했습니다. 그가 농

런던은 서재 책상에 앉아서 쓰는 것만큼이나
야외에서 다리에 나무 판을 올려놓고 쓰는 것도 즐겼다.

촌 공동체 건설을 그림 그렸던 이 땅은 지금은 그를 기념하는 국가 사적지인 '잭런던주립역사공원'이 됐어요.

런던은 새벽 5시쯤 일어나서 글을 썼는데요. 때로는 아내 차미안의 단잠을 방해하지 않으려고 포치에서 잠을 자기도 했어요(그리고 이곳에서 숨을 거뒀습니다). 그는 포치 벽에 "빨랫줄"을 걸어놓고, 작고 네모난 흰 종이들에 아이디어를 적어서 여기에 매달아 놨답니다.

간단한 아침 식사를 마치면 포치 옆에 있는 서재로 가서 오전 11시나 정오까지 또다시 글을 썼습니다. 때로는 밤늦게까지 작업하기도 했고요. 글렌엘런에 정착했을 때 런던은 하루에 1000단어를 목표로 삼았습니다. 정한 분량만큼 글을 쓰고 나면 차미안이 수정해 줬다고 해요.

런던은 1902년산 바록^{Bar-Lock} No. 10 타자기로 글을 썼는데, 특이하게도 이 타자기의 자판은 쿼티식이 아니었습니다. 대문자와 소문자 자판이 별도인 데다 느낌표를 입력하는 키도 없었죠. 글로 돈을 벌기 힘들었던 초기에는 코트나 정장, 자전거를 팔아 돈을 마련하는 대신 전당포에 맡기고 타자기를 빌렸대요.

서재는 포치보다는 좀 더 집필실 같았습니다. 큰 창들에서 들어오는 자연광이 서재 곳곳을 환하게 비췄죠. 대단한 독서가의 집필실답게 책장도 잔뜩 늘어서 있었어요. 런던은 책과 서재에 대해 이런 글을 남기기도 했죠.

선장이 해도실에서 항해용 지도를 보듯이 나는 서재에서 책을 본다. 학생과 사상가는 반드시 서재를 잘 갖춰야 하며, 자신의 서재를 속속들이 알아야 한다.

런던은 글렌엘런의 농장에 자신을 위해 방이 무려 스물여섯 칸이나 있는 꿈의 집 울프하우스Wolf House를 지었습니다. 이곳에 장서 1만 5000권을 보관할 커다란 개인 도서관을 만들고, 그 위에는 가로세로가 각각 12미터, 6미터나 되는 집필실도 꾸밀 계획을 세웠어요. 그러나 안타깝게도 울프하우스는 1913년 완공을 앞두고 갑작스러운 화재로 전소되고 말았죠.

런던은 포치나 서재뿐 아니라 야외에서 작업하기도 했는데요. 간이 의자에 앉아 커다란 판에 종이를 올려놓고 글을 썼죠. 실제로 그는 바깥 활동을 좋아해서, 나이가 들수록 글쓰기보다 농장 일을 하면서 더 많은 시간을 보냈어요. 글은 돈을 벌기 위해 썼다고 고백한 적도 있답니다. "글을 쓰려고 앉을 때마다 넌더리가 났다. 차라리 그곳이 어디든 뻥 뚫린 야외를 돌아다니고 싶었다."

그는 오두막집 옆에 있는 400년 된 커다란 참나무를 특히 좋아했습니다. 서재 창문에서도 보이는 이 나무는 "잭의 참나무"

라고 불렸죠. 런던은 이 나무에서 영감을 받아 연극〈도토리를 심는 사람The Acorn-Planter〉을 썼습니다.

런던은 사고방식이 상업적인 데다 직업의식도 투철했습니다. 한창때는 하루에 열다섯 시간씩 글을 썼죠. 어쩔 때는 끼니도 잊었고요. 또 커트 보니것처럼 출판사에서 받은 거절 편지들을 모두 버리지 않고 모아 뒀는데, 나중에는 1.2미터 높이까지 쌓였습니다. 이 편지들 중에는 가장 먼저 받은《새터데이 이브닝 포스트The Saturday Evening Post》의 거절 편지도 있었는데요. "〈선랜더스Sunlanders〉가 흥미롭기는 하지만, 좀 더 밝은 이야기를 원한다"는 내용이 적혀 있었습니다. 1903년, 런던은 이 잡지사에 출세작《야성의 부름》을 750달러에 팔죠.

런던은 다른 작가들이 어떤 식으로 성공했는지 알아내기 위해 그들의 글을 필사하기도 했어요. 특히《정글 북》으로 유명한 러디어드 키플링에 관심이 많았습니다.

잭 런던은 형편이 어려워 학교도 제대로 다니지 못한 채 신문 배달, 통조림 공장 직공, 바다표범잡이 배 선원, 굴 해적 등 닥치는 대로 일하며 돈을 벌었다. 끊임없이 돌아다니며 돈을 벌기 위해 애쓰는 한편 꾸준히 글을 써서 투고했다.《야성의 부름》으로 상업적 성공과 작가적 명성을 얻었다.

간소하게
지내기

E. B. 화이트
E. B. White(1899~1985)

📍 메인주 앨런코브Allen Cove의 자택에 딸린 오두막(미국)

《샬롯의 거미줄》과《스튜어트 리틀》로 유명한 미국 작가 E.B. 화이트는 그의 오두막 집필실을 여행이나 가족을 추억하는 물건들로 채우지 않았습니다. 아주 간소하게 유지했죠.

화이트가 쓰던 집필실은 원래 보트 창고였어요. 18세기 후반에 지어진 농가에서 살던 그에게 이 집필실은 집보다 더 좋은 은신처였습니다. 그는 이곳에서 말 그대로 "더 자연에 가깝고 건강한 사람"이 됐어요. 오두막을 쥐와 다람쥐와 공유했고, 한동안 여우들이 굴을 만들기 위해 땅을 판 적도 있거든요.

뉴잉글랜드 메인주 앨런코브의 해안가 주택에 딸린 이 목조 건물은 바다가 보이는 멋진 경관을 자랑하지만, 실내는 호화롭지 않

화이트는 소박한 오두막에서 영감을 얻어 《샬롯의 거미줄》을 썼다.

았습니다. 의자, 벤치, 화이트가 직접 만든 책상, 파란색 금속 재떨이, 쓰레기통을 대신하는 나무통, 크로케 세트 박스를 재활용해 만든 찬장, 매일 아침 도우미가 차를 타고 가져다주는 검은색 언더우드 타자기가 전부였죠. 화이트는 이곳을 "간결하고 소박하게" 꾸몄다고 설명했습니다.

《샬롯의 거미줄》의 초안을 쓴 곳도 바로 이 오두막이죠. 농장 생활이 전반적인 이야기의 밑바탕이 됐지만, 오두막 천장에 알주머니를 만드는 거미를 보고 직접적인 영감을 얻었어요.

화이트는 고립된 좁은 공간에서 글을 쓰는 것을 매우 매력적이라고 여겼습니다. 작가이자 자연주의자인 헨리 데이비드 소로의 글을 좋아했기 때문이죠. 그가 메사추세츠주 호수 옆에 직접 오두막을 짓고 자연에서 간소하게 생활한 나날을 기록한 《월든》을 특히 좋아했어요. 운이 좋게도, 화이트의 보트 창고와 소로의 오두막은 가로세로가 각각 3미터, 4.6미터로 크기도 거의 비슷했다고 해요. 이런 집필실에서 글을 쓰는 것만으로 화이트는 단순한 즐거움을 뛰어넘어 특별한 영감까지 받았을 거예요.

E. B. 화이트는 작가, 시인, 기자, 칼럼니스트였다. 코넬대학을 졸업하고, 《뉴요커》에서 필자와 편집인으로 오랫동안 일했다. 1938년에 시골로 이주, 농장 생활을 하면서 조카딸을 위해 농장 동물들을 주인공으로 한 작품을 많이 썼다. 돼지와 거미의 우정을 그린 동화 《샬롯의 거미줄》로 뉴베리 아너상을 수상했다.

19세기 후반에 발명된 타자기는 작가들이 글을 쓰는 데 지대한 영향을 미쳤습니다. 타자기를 "최신식 글쓰기 기계"라고 부른 마크 트웨인은 작가들 중 최초로 회고록인 《미시시피강의 생활》을 타자기로 쳐서 출판사에서 보냈습니다. 정확하게 말하자면, 비서 이저벨 라이언이 친 것이지만요. 트웨인은 처음엔 속도가 빠르고, 쓰기 쉬우며, 잉크 얼룩이 생기지 않아서 레밍턴 모델을 선호했습니다. 하지만 결국 이 타자기의 "변덕스러움과 끝도 없는 결함" 때문에 마음이 식어 버렸죠. 게다가 1871년 당시 125달러나 하는 아주 비싼 모델이기도 했고요.

20세기 들어 많은 작가들이 타자기와 깊은 유대를 맺었습니다. 시나리오 작가 래리 맥머트리는 2006년 〈브로크백 마운틴〉으로 골든글로브 각본상을 받고 수상 소감을 말하면서 자신의 타자기 에르메스 3000에 고마움을 표했죠. "유럽의 창조적 재능이 만들어 낸 가장 고귀한 도구 중 하나임에 분명합니다"라고요.

다니엘 스틸은 2015년에 10대 시절부터 써 오던 타이프 용지가 단종된다는 사실을 알고 애도의 트윗을 남겼습니다. "오랜 벗을 잃었네요. …… 저의 오래된 타자기와 저는 너무나 슬퍼요!"

이런 친밀한 관계는 작가들이 느끼는 타자기의 가장 큰 매력 중 하나입니다. 심리적 리얼리즘 문학의 대가 헨리 제임스는 타자기를 칠 때 나는 큰 소리에서 영감을 받았고, 《시계태엽 오렌지》의 저자 앤서니 버지스는 타이핑의 물리적 특성에 탐닉했죠. 타이핑 소리를 들으면 그저 몽상에 잠겨 있는 것이 아니라 실제로 일을 하고 있다는 생각이 든다면서요.

버지스뿐 아니라 기괴하고 환상적인 소설로 유명한 윌 셀프도 타자기를 쓰면, 글을 쓰기 전에 신중하게 생각하게 되기 때문에 작업의 질이 올라간다고 믿었어요. 스미스 코로나를 쓰던 T. S. 엘리엇도 "세부적인 부분까지는 잘 모르겠지만, 타자기가 글을 명료하게 쓰는 데 도움을 주는 건 사실"이라고 동의했습니다.

물론 타자기는 꽤 멋있어 보이기도 합니다. 여행 작가 얀 모리스Jan Morris는 에토레 소트사스와 페리 킹이 디자인한 새빨간 올리베티 발렌타인Valentine 타자기를 썼습니다. 1970년대에 출시된 이 타자기는 아직까지도 혁신적이고 아름다운 디자인으로 높은 평가를 받고 있죠.

또 타자기들은 놀라울 정도로 가치가 높아지기도 합니다. 코맥 매카시는 1963년에 50달러에 산 연하늘색 올리베티 레테라 32로 《로드》《노인을 위한 나라는 없다》《모두 다 예쁜 말들》을 썼는데요. 이 타자기로 약 500만 단어를 창작했다고 하죠. 매카시의 타자기는 2009년 크리스티에서의 자선 경매 당시, 무려 25만 4500달러에 낙찰됐습니다. 매카시는 의리 있게도 고작 11달러밖에 하지 않는 또 다른 올리베티 타자기로 글쓰기를 이어 나갔죠.

자신만의 스타일로
고집스럽게

Rooms of
Their Own

작가의 가장 매력적인 힘 두 가지는
새로운 것을 익숙하게 만드는 것과 익숙한 것을 새롭게 만드는 것이다.
새뮤얼 존슨

사람들은 나를 귀찮게 하지.
나는 그들에게서 숨으려고 여기로 온다.
조지 버나드 쇼

함께 쓰는
동료의 소중함

브론테 자매
The Brontës

📍 웨스트요크셔주 하워스Haworth 사제관의 식당 겸
응접실(영국)

요즘 사람들은 작가실이라는 개념에 친숙합니다. 여러 작가들이 한 곳에 모여 드라마를 쓰는 경우가 많으니까요. 그런데 150년 전 브론테 자매도 작가실과 아주 비슷한 공간을 썼답니다.

샬럿, 브란웰, 에밀리, 앤, 이렇게 브론테 네 남매는 사이가 매우 끈끈했습니다. 나고 자란 하워스 마을의 사제관에서 모여 앉아 지어 낸 앙그리아제국과 곤달왕국 이야기를 써서 얇은 책으로 만들었죠. 함께 첫 시집도 출판하고요.

샬럿의 전기를 쓴 소설가 엘리자베스 개스켈은 이들이 글을 쓰는 방식을 이렇게 설명했어요.

브론테 자매가 집에서 함께 생활하고 글을 쓰던 공간.

브론테 자매는 오랜 습관을 이어 갔다. 9시가 되면 하던 일을 멈추고 거실을 서성이며 자신들만의 토론회를 연 것이다. 각자 쓰고 있는 이야기에 대해 대화를 나누고 줄거리를 설명했다. 일주일에 한두 번씩 자신이 쓴 글을 읽어 주고 다른 자매들의 의견을 들었다. 샬럿은 자매들의 의견이 작품에 큰 영향을 미치지는 않았다고 말했다. 자신이 현실을 묘사했다고 확신했기 때문이다. 그러나 이런 낭독회는 모두에게 즐겁고 신나는 시간이었으며, 매일매일 노력을 거듭하면서 느끼는 고통스러운 압박감에서 벗어나 자유를 느끼게 해 줬다.

브론테 자매는 보통 식당, 거실, 응접실 등으로 알려진 이 공간에서 바느질을 하고 각자의 작품에 대해 담소를 나눴습니다. 샬럿의 《제인 에어》, 에밀리의 《폭풍의 언덕》, 앤의 《아그네스 그레이》 모두 이 공간에 놓인 접이식 마호가니 식탁에서 탄생했죠. 자매들이 쓰던 식탁은 현재 박물관이 된 사제관에 전시돼 있는데요. 상판에는 "E"라고 새겨져 있으며, 한가운데는 양초 태운 자국과 잉크 자국이 그대로 남아 있답니다.

개스켈은 1853년 9월에 브론테가를 방문했습니다. 브론테 자매의 공간이 얼마나 깔끔하게 정돈돼 있었는지에 대해 이렇게 말하기도 했죠.

따뜻함과 안락함, 편안함의 극치였다. 대체로 진홍색을 띤 가구들은 소박하지만, 가구에 바라는 모든 욕구를 충족할 수 있을 만큼 훌륭했다.

개스켈이 자매들을 찾아간 것은 샬럿이 《제인 에어》로 성공을 거둔 다음이었습니다. 그래서 샬럿이 공간을 더 넓히고, 개스켈이 말한 붉은색 카펫과 커튼을 살 수 있었던 거죠.

자매들은 자물쇠가 달린 휴대용 자단나무 문구함을 하나씩 갖고 있었습니다. 벨벳으로 된 종이 받침대와 잉크, 편지지, 펜, 펜촉, 압지, 자그마한 귀중품 등을 넣을 공간도 있었죠. 여름에는 작은 나무 의자와 책상을 들고 나가, 사제관 정원 까치밥나무 덤불 옆에서 글을 쓰기도 했답니다.

물론 자매들이 이렇게 항상 함께 글을 썼던 것은 아닙니다. 앤은 1840년대 초 노스요크셔주의 주도 요크에서 가정교사로 일하며 첫 소설을 쓰기 시작했어요. 성인이 된 에밀리는 시를 쓰는 것에 더 조심스러워져, 샬럿이 그가 쓴 시를 허락도 없이 읽었을 때 몹시 화를 냈습니다. 그러나 자매들은 대부분의 생을 '브론테 자매'라는 공동체로 활동했죠.

자매들이 서로의 글쓰기에 얼마나 중요한 역할을 했는지는 샬럿이 자신의 소설을 출판해 주던 조지 스미스에게 마지막 소설 《빌레뜨》에 대해 쓴 편지를 읽어 보면 잘 알 수 있습니다.

내 글을 한 줄이라도 읽어 줄 사람이나 조언을 구할 사람이 없어서

샬럿

앤

에밀리

자매들은 저마다 글을 쓸 수 있는 문구함을 갖고 있었다.

얼마나 낙담하고 좌절했는지 몰라요. 《제인 에어》도 그렇고, 《셜리Shirley》도 3분의 2 정도를 쓸 때까지 그런 사람이 없었어요.

자매들은 매일 밤 11시까지 식탁 주변을 서성이며 작품 이야기를 나눴습니다. 에밀리와 앤이 세상을 떠난 뒤에도 샬럿은 홀로 이 의식을 이어 나갔습니다. 그의 집에서 일하던 마사 브리운은 이렇게 말했어요. "브론테 양이 혼자서 거닌다는 이야기를 듣고 마음이 아팠습니다." 샬럿은 자매들뿐 아니라 작가실 동료들까지 함께 잃은 것이었죠.

> **브론테 자매**는 어머니가 일찍 세상을 떠난 뒤, 집안 분위기가 매우 우울한 가운데 엄격한 목사 아버지와 함께 춥고 고립된 시골에서 자랐다. 여섯 남매 중 첫째와 둘째는 열 살을 겨우 넘긴 나이에 죽고, 나머지 네 남매도 모두 요절했다. 그나마 셋째 샬럿이 제일 오래 살아 동생들의 유품을 정리하고, 이들을 기억하는 글을 남겼다.

감옥에서
뗏목으로

시도니 가브리엘 콜레트
Sidonie-Gabrielle Colette(1873~1954)

📍 브장송 별장 2층 방과 파리의 아파트(프랑스)

작가들은 글을 쓰기 편한 곳을 집필실로 삼습니다. 당연하죠. 하지만 꼭 좋은 환경에서만 작품이 탄생하는 것은 아니랍니다. 좋지 않은 환경에서도 많은 작품이 쓰이고, 또 높은 평가를 받기도 합니다. 사드는 바스티유감옥에서 《쥐스틴Justine》과 《소돔의 120일》을 썼습니다. 《행복한 왕자》 《도리언 그레이의 초상》으로 유명한 오스카 와일드 역시 레딩감옥에서 《심연으로부터》를 썼죠.

콜레트도 평범치 않은 환경에서 '클로딘' 시리즈와 《지지Gigi》라는 베스트셀러를 낳았는데요. 그의 특이한 집필실에 대해서는 사연이 있습니다.

콜레트는 소설을 쓰는 대신 자신이 키우는 불독 '수시Souci'에

콜레트는 만년에 침대에서 글을 쓰는 안락함을 누렸다.

붙은 벼룩을 떼어 주면서 한참을 꾸무럭거리곤 했습니다.《방랑하는 여인》에서는 "글을 쓰는 것은 게으른 자의 즐거움이자 고통이다"라고 털어놓기도 했죠.

브장송에 있는 별장까지 가서도 글을 거의 쓰지 못하자, 화가 잔뜩 난 남편 윌리는 그를 2층 방에 집어넣고 밖에서 문을 잠가 버렸습니다. 그러면서 네 시간 뒤에 돌아올 테니 그때까지 글을 좀 써 두라고 했죠.

일부 비평가들은 이 이야기가 어디까지 진실인지, 또 그가 얼마나 자발적으로 이런 감금 작업에 참여했는지 궁금해한답니다. 콜레트는 여성이 소설을 출간하기 힘든 시절, 남편의 이름을 빌려 첫 작품《클로딘, 학교에서 Claudine à l'école》를 발표했거든요. 이 책이 베스트셀러가 되자, 출판업자인 남편이 욕심을 부려 감금까지 하면서 억지로 글을 쓰게 한 것이 아닐까 의심하는 거죠.

그러나 콜레트는 자서전《지상 낙원 Paradis Terrestre》에서 이렇게 말했습니다.

사실 감옥은 최고의 집필실 중 하나다. 열쇠로 자물쇠를 채우는 소리가 들리고 네 시간이 지나서야 자유를 되찾는 진짜 감옥 말이다.

콜레트는 윌리와 이혼하고, 시대의 편견에 맞서 파란만장한 삶을 살았습니다. 말년에는 관절염을 앓았는데요. 파리의 아파트에서 담요나 모피 덮개를 덮고 앉아, 무릎 받침대를 얹은 다음 파커의 듀

오폴드 만다린 옐로 펜으로 글을 썼죠. 그 곁에서는 그가 가장 좋아하는 푸른색 원고용지로 만든 갓을 쓴 조명이 불을 밝혔답니다. 말년에서야 정착한 이 집필 환경을 콜레트는 감옥이 아니라 "뗏목"이라고 불렀습니다.

시도니 가브리엘 콜레트는 20세기 전반 프랑스어권을 대표하는 여성 작가다. 프랑스의 작은 시골에서 자란 그는 매력적인 출판업자 윌리와 사랑에 빠져 파리로 왔다. '클로딘' 시리즈가 큰 주목을 받지만, 명예는 남편에게 돌아갔다. 계속 글을 써 내라고 독촉하는 남편과 결국 이혼한 그는 세상의 편견에 맞서 작가, 배우, 의상 디자이너로 재능을 발휘하고, 코코 샤넬 등 수많은 여성의 롤모델이 됐다.

서류 봉투는
넉넉히

마거릿 미첼
Margaret Mitchell(1900~1949)

📍 조지아주 애틀랜타의 아파트(미국)

마거릿 미첼은 평생 소설 단 한 편만 발표한 작가입니다. 놀랍게도 이 한 편으로 모두에게 깊은 인상을 남기며 풀리처상을 받았죠. 수천만 부가 팔리고, 또 할리우드에서 영화로까지 제작한 그 작품은 바로 남북전쟁 전후 조지아를 배경으로 한 소설《바람과 함께 사라지다》입니다.

　미첼은《애틀랜타 저널The Atlanta Journal》에서 페기Peggy라는 필명으로 기사를 쓰던 중 동료 존 마시와 사랑에 빠져 결혼했습니다. 사실 그는 본명보다 '페기 마시'라는 필명으로 알려지길 바랐죠. 시인에게 영감을 주는 신화 속 날개 날린 말인 페가수스에서 따온 이름이었거든요.

미첼처럼 원고를 집안 곳곳에 숨겨 놓는 습관은 들이지 말길.

1925년, 미첼은 남편과 함께 당시 피치트리가Peachtree Street로 알려진 조지아주 크레센트애비뉴Crescent Avenue 979번지에 있는 아파트 1층으로 이사했습니다. 이곳에서《바람과 함께 사라지다》대부분을 썼죠. 이 아파트는 이제 마거릿미첼박물관이 됐습니다.

미첼은 예전에 다친 발목에 다시 문제가 생기는 바람에《애틀랜타 저널》를 그만둘 수밖에 없었습니다. 그는 점점 더 움직이기 힘들어졌죠. 편안한 의자에 앉아 발목이 회복되기만을 기다리는 동안, 어린 시절 그랬던 것처럼 책을 엄청나게 읽기 시작했어요. 남편은 늘 도서관에서 책을 빌려다 주다가 어느 날, 미첼에게 직접 소설을 써 보라고 권했습니다.

미첼은 용기를 내어, 어린 시절 들었던 전쟁 이야기와 역사서를 읽으며 공부한 내용을 토대로 거의 10년에 가까운 글쓰기 여정을 시작했어요. 흥미롭게도 미첼은 다양한 책을 섭렵했지만, 메모는 따로 하지 않았죠. (여담입니다만, 소설《바람과 함께 사라지다》에는 인종차별적 요소들이 많았는데, 비비언 리와 클라크 게이블이 출연한 영화에서는 상당 부분이 걸러졌어요.)

미첼은 자신이 사는 아파트를 "쓰레기장"이라고 불렀어요. 그가 자란 대저택에 비하면 확실히 좋다고는 하기 어려웠죠. 외풍이 좀 있고 채광도 좋지 않았지만, 글을 쓰기 어려울 정도는 아니었습니다. 그는 주로 거실 창가에 놓인 자그마한 접이식 원목 책상에서 글을 썼어요.

그는 글을 쓰는 데 특별한 기술을 필요로 하지 않았습니다. 이

와 관련해 다음과 말을 하기도 했죠. "레밍턴 포터블 No. 3 타자기 앞에 앉기 전에 이미 모든 세부 사항이 머릿속에 정리되어 있었다." 특이한 점이 있다면, 맨 마지막 챕터를 제일 먼저 쓴 뒤 뒷부분부터 거꾸로 글을 썼다는 사실이에요.

글을 쓰는 순서보다 더 특이했던 것은 원고를 보관하는 방식이 었는데요. 미첼은 자신이 지금 뭘 쓰고 있는지 집을 찾아온 손님들이 보지 못하도록, 한 챕터를 완성하고 나면 곧바로 원고를 서류 봉투에 넣어 버렸어요. 이 서류 봉투들은 점차 거실에 쌓이기 시작했어요. 나중에는 기우뚱한 소파 다리를 받치기도 하고, 겉면에 쇼핑 목록이나 전화 통화 내용을 적기도 했죠. 서류 봉투가 걷잡을 수 없이 늘어나자, 일부는 침대 밑이나 마룻장 아래, 복도 옷장 속(미첼은 책을 사람들이 빌려 가지 못하도록 이 옷장에 넣어 뒀어요)으로 밀어 넣었어요. 가끔은 사람들 눈에 띄지 않도록 그냥 수건을 덮어 두기도 했죠.

뉴욕에서 애틀란타로 출장 온 맥밀런 출판사 편집장이 원고를 보고 싶다고 했을 때 미첼은 보관하던 그대로 건네줬습니다. 이 서류 봉투 더미에 편집장은 당황했죠. 그는 결국 원고를 갖고 가기 위해 새 여행 가방을 사야만 했어요.

더욱 당황스러웠던 점은 어떤 챕터나 서류 봉투에도 번호가 매겨져 있지 않다는 사실이었어요. 어떤 챕터는 여러 원고로 쪼개져 여기저기 흩어져 있었으며, 추가로 적어 넣은 낱장도 있었죠. 또 어떤 챕터는 하얀 종이에 깔끔하게 타이핑됐고, 어떤 챕터는 여러 메모와 수정 사항과 뒤섞여 노란 종이에 적혀 있었습니다. 또 다른 문제는 미첼이 첫 챕터를 깜빡하고 보내지 않았다는 거예요. 게다가 주인공 스칼렛 오하라의 남편 프랭크가 죽는 장면이 두 가지 다른 버전으로 적혀 있었죠. 심지어 출판 계약서에 사인을 한 뒤에도 중요한 챕터가 담긴 서류 봉투가 미첼의 집에 숨겨져 있었답니다.

마거릿 미첼은 조지아주 애틀랜타에서 태어났다. 외할아버지는 육군 대위로 남북전쟁에 참전했으며, 아버지는 애틀랜타역사학회 회장을 역임해 어릴 때부터 남북전쟁 이야기를 들으며 자랐다. 《애틀랜타 저널》에서 인터뷰 기사를 작성하며 실력을 인정받았으나 발목을 다치는 바람에 직장을 그만두고 말았다. 집에서 요양하던 중 남편의 권유로 《바람과 함께 사라지다》를 집필했다.

완벽한 연필을
향한 열망

존 스타인벡

John Steinbeck(1902~1968)

♀ 뉴욕주 롱아일랜드의 오두막과 뉴욕시의 아파트
(미국)

1958년, 미국 소설가 존 스타인벡은 친구이자 에이전트인 엘리자베스 오티스에게 "작은 등대"라고 부르는 집필실을 지을 계획이라고 편지를 보냈습니다. 침대도 놓지 못할 정도로 작아서, 절대 손님방으로 쓸 수 없는 곳이어야 한다고 했죠. 그러면서 이렇게 덧붙였어요.

"어느 누구도 출입할 수 없는 곳이어야 해. 이곳의 특징은 문에 달린 커다란 자물쇠라네."

스타인벡은 사물에 이름 붙이기를 즐겼는데요. 롱아일랜드에 마련한 오두막 집필실은 너무나 소중한 나머지 "조이어스 가드Joy-ous Garde"라는 이름을 지어 주고, 간판을 직접 만들어 문 앞에 걸어

됐어요. 아서왕 마니아답게 랜슬롯 경이 기네비어 왕비를 데려갔던 성의 이름을 집필실에 붙인 거예요. 이 육각형 구조물은 마크 트웨인의 오두막 집필실에서 영감을 받아, 스타인벡이 직접 지었어요. 새그하버Sag Harbor의 블러프포인트Bluff Point에 위치해, 사방으로 난 창문 밖으로 아름다운 바닷가 풍경이 펼쳐졌습니다.

스타인벡은 이 매력적인 오두막에서 "시지 페릴러스Siege Perilous"*라고 부르던 의자에 앉아 글을 썼습니다. 의자가 이것 하나밖에 없어서 손님이 와도 앉을 데가 없었어요. 책상은 오두막을 다 차지할 정도로 커서, 그 위에 종이며 책들을 모두 펼쳐 놓을 수 있었습니다. 창문을 따라서는 선반이 오두막을 빙 두르고 있었어요. 원래 "온전함의 의붓자식Sanity's Stepchild"이라고 부르려고 했던 이 아늑한 공간에서 그는 여행기인《찰리와 함께한 여행》과 마지막 소설 《불만의 겨울》을 썼습니다.

스타인벡은 조이어스 가드뿐 아니라 뉴욕 어퍼이스트사이드 아파트에 있는 고요한 집필실도 좋아했어요. 그는 이 방을 "아무 일도 일어나지 않는 조용한 방"이라고 묘사했죠. 너무 조용해서 구관조를 데려와 질문하는 법을 가르쳐야겠다고 말한 적도 있답니다. 문 앞에는 한쪽은 "가망 없는 곳", 반대쪽은 "정돈된 마을"이라고 적힌 표지판을 걸어 뒀어요. 그가 외출한 동안, 아내가 들어와 방을

---

* 아서왕의 원탁에서 성배를 찾아낼 기사를 위해 남겨 둔 자리로, 다른 사람이 앉으면 목숨을 잃었다.

정리해 주고 표지판을 돌려놓을 수 있도록요.

어느 집필실에서든 속도 있게 글을 쓰길 좋아하는 스타인벡에게 꼭 필요한 것이 있었으니, 바로 연필이었습니다. 그것도 아주 많이 필요했죠. "연필이 주는 느낌이 좋아요"라고 말한 적이 있는데, 이는 연필에 대한 그의 마음을 지나치게 절제한 표현입니다. 그는 새로운 책을 쓸 때마다 연필 수백 자루를 썼어요. 아들 톰이 "수술 도구"라고 할 정도로 뾰족하게 깎아서요. 스타인벡은 "길고 아름다운 연필로 누리는 순수한 호사로부터, 에너지와 창의력을 얻는다"라고 했죠. 완벽한 연필을 찾기 위한 스타인벡의 여정은 끝이 날 줄 몰랐습니다.

나는 몇 년 동안 완벽한 연필을 찾아다녔다. 아주 훌륭한 연필들도 있었지만, 완벽하진 않았다. 언제나 문제는 연필이 아니라 나였다. 어떤 날에는 괜찮던 연필이 어떤 날에는 좋지 않았으니까.

어떤 연필을 쓰느냐에 따라 글을 많이 쓰는 날도 있고, 그렇지 않은 날도 있었습니다. 가끔은 하루가 반쯤 지났을 무렵에 쓰던 연필을 바꾸기도 했죠.

스타인벡은 육각형 연필이 손가락에 걸린다며 둥근 연필을 더 좋아했는데요. 그럼에도 불구하고 글을 너무 많이 썼기 때문에 연필이 닿는 손가락에 굳은살이 생겼죠. 연필을 고르는 또 다른 조건은 주의가 흩어지지 않도록 모두 검은색이어야 한다는 것이었습

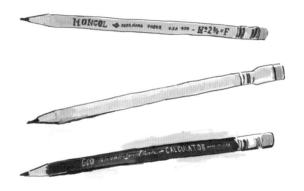

스타인벡은 매일 아주 뾰족하게 깎은 연필로 글을 썼다.

니다. 그는 블레이즈델 캘큐레이터Blaisdell Calculator 600, 에버하드 파버 몽골Eberhard Faber Mongol 480, 에버하드 파버 블랙윙Blackwing 602를 즐겨 썼어요.

스타인벡에게는 전동 연필깎이도 있었는데, 자신의 물건 중 가장 잘 쓰고 가장 쓸모 있다고 할 정도로 마음에 들어 했죠. 그는 매일 아침 나무 상자에 든 뾰족하게 깎은 연필 스물네 자루로 시작해서 도중에 다시 연필을 뾰족하게 깎아 가며 글을 썼기 때문에, 전동 연필깎이는 확실히 큰 도움이 됐습니다.

스타인벡은 이렇게 "연필에 쏟는 불필요한 노력"과 애정이 별난 행동임을 인정했어요. 그런데 별난 행동은 이뿐만이 아니었습니다. 소설《에덴의 동쪽》을 작업할 때는 책의 오른쪽 페이지에는 원고를 쓰고, 왼쪽 페이지에는 친구이자 편집자인 파스칼 코비치에게 책의 진행 상황이나 자신의 근황을 전하는 편지를 썼다고 해요. 사실 그는 아침에 본격적으로 일을 시작하기 전 일종의 준비 운동으로 편지를 쓰곤 했어요. "글을 쓰기 전에 어느 정도 꾸물거리는 시간"이 필요하다면서요.

이렇게 첨단 기술과 거리가 멀어 보이지만, 스타인벡은 사실 대화 부분을 딕터폰으로 쓰고, 최초의 휴대용 타자기 중 하나인 올리브색 에르메스 베이비로 원고를 타이핑하는 등 신기술도 좋아했습니다. 타자기 케이스에는 "내면의 야수"라는 문구를 새겼어요.

존 스타인벡은 캘리포니아주 설리너스Salinus에서 태어나 자랐다. 뉴욕에서 신문기자나 막노동꾼으로 일하며 작품을 발표했지만 큰 주목을 받지 못했다. 고향으로 돌아온 그는 설리너스 계곡을 무대로 당시 이주 노동자와 빈민의 삶을 생생하게 그린 작품들을 발표했으며, 《분노의 포도》로 리얼리즘을 대표하는 작가로 입지를 굳혔다.

취향에 딱 맞는
펜과 잉크

러디어드 키플링
Rudyard Kipling(1865~1936)

📍 버몬트주 더머스턴Dummmerston(미국)과
이스트서식스주 버워시Burwash(영국)의 자택 서재

《정글 북》의 모글리와《킴》〈왕이 되려던 사나이〉를 탄생시킨 러디 어드 키플링은 집필실 취향이 아주 보수적이었습니다. 그는 버몬트 주에 직접 집을 짓고 '나우라카Naulakha'라는 이름을 붙였는데요. 나 우라카는 아내의 오빠이자 작가인 찰스 울컷 발레스티어와 함께 지 은 소설의 제목이자, 키플링이 특히 인상 깊게 본 무굴제국 건축물 의 이름이기도 하죠.

키플링은 이 나우라카에서 책으로 가득한 책장, 견고한 책상 (헨리 워즈워스 롱펠로의 시구절 "나 힘써 너를 저을 때 나는 자주 괴로 웠다"를 새겨 놨습니다. 'when'을 'as'로 잘못 쓰긴 했지만요), 튼튼한 의자, "아무도 일할 수 없는 밤이 온다"라는《요한복음》한 구절이

키플링은 가능한 가장 색이 진한 잉크로 글을 썼다.

새겨진 벽난로에 둘러싸여 글을 썼습니다. 그는 사교적이었지만, 아내 캐리 덕분에 원치 않는 손님들을 만나지 않고 작품에 몰두할 수 있었죠. 캐리가 키플링의 집필실 옆에 자신의 사무실('용의 방 dragon's chamber'이라고 불렸죠)을 마련했거든요.

《아빠가 읽어 주는 신기한 이야기》가 탄생한 이스트서식스주의 집 베이트먼스Bateman's에 꾸민 서재도 비슷했습니다. 키플링은 아침에 글을 썼는데, 인도산 카펫 위를 걸어 다니며 영감을 얻었죠. 그에게는 의자가 약간 높았다고 해요. 그래서 창문 옆에 둔 17세기 호두나무로 만든 책상에 편하게 앉기 위해 의자 밑에 발판을 뒀습니다.

키플링은 자서전《나에 관한 어떤 것Something of Myself》에서 이 3미터짜리 긴 책상에 무엇이 있는지 소개했습니다.

- 옻칠한 카누 모양 펜 트레이. 오래된 펜과 붓이 수북하다.
- 클립과 고무줄을 담은 나무 상자
- 핀들을 넣은 틴케이스
- 사포와 작은 드라이버 등 잡동사니가 든 상자
- 인도에서 영국 통치의 기틀을 다진 워런 헤이스팅스가 소유했던 것으로 추정되는 문진
- 긴 자
- 펜 닦개

책상 옆에는 커다란 지구본 두 개도 있었습니다.

오후에는 주변 시골을 거닐며 영감을 얻었어요. 그러곤 서재로
돌아와 데이베드에서 책을 읽고 담배를 피웠죠. 이는 키플링이 글
을 쓰고 아이디어를 "부화"시키려고 개인적으로 시도하던 "돌아
다니기, 기다리기, 받아들이기" 과정의 일부였는데요. 작가 자신은
지금 쓰는 내용을 생각하지 않으려 의식적으로 노력하고, 대신 자
신의 "다이몬Daemon" 혹은 글쓰기의 뮤즈에게 생각할 시간을 줘야
한다고 했죠. 이때도 아내 캐리는 그의 모든 행동을 예의 주시하며,
P. G. 우드하우스가 묘사한 것처럼 "(그를) 세상으로부터 엄격히
차단"했습니다.

키플링은 타자기를 좋아하지 않았어요. 타자기를 가리켜 "저
끔찍한 물건으로는 제대로 글을 쓰지 못할 거야"라고 불평했다죠.
그가 가장 신경 쓴 것은 바로 잉크였습니다. 가능한 한 가장 짙은 검
은색 잉크를 원했어요. 블루블랙은 그의 다이몬이 혐오하는 것이라
면서요. 또 사람들이 흔히 쓰는 병에 든 잉크도
그리 좋아하지 않았죠. 그래서 접착제, 뼈,
타르, 검댕, 피치＊를 섞어 단단한 막대 모양
으로 만든 인디언 잉크를 썼는데요. 이 인디
언 잉크를 쓰려면 빻아서 물과 섞어야 하기
때문에 "인디언 잉크를 갈아 주는 사람이

<hr />

＊　석유를 정제하고 남은 검은색 고체.

작가의 방

필요해!"라고 말한 적도 있죠.

키플링의 작업 루틴은 필기구가 거의 전부입니다. 인도에 있을 때는 마노로 만든 팔각 펜대와 펜촉을 잉크에 담가서 쓰는 웨이벌리Waverly 딥펜을 아주 좋아했습니다. 이 펜이 부러졌을 때 다른 펜들을 써 봤지만 모두 만족하지 못했죠. 만년필을 두고는 "간헐천 같은 펜"이라고 평했어요. "안이 유리로 돼 있는 펌프펜pump-pen들도 시도해 봤지만, 내부가 보이는 것을 견디기 힘들다"고 했죠. 가정부는 책상을 깨끗하고 깔끔하게 정돈했으며, 종이와 잉크가 충분한지 매일매일 확인했습니다.

키플링은 아주 깔끔한 편에 속하는 작가는 아니었어요. 주변 사람들에 따르면 잉크병에 펜을 조심성 없이 푹 담가 잉크가 사방으로 튀었다고 합니다. 유난히 더운 여름날, 키플링이 아래위로 흰옷을 입고 왔는데, 여기저기 튄 잉크 자국 때문에 "꼭 달마티안처럼 보였다"고 한 친구가 회상하기도 했습니다.

> **러디어드 키플링**은 인도에서 태어나, 여섯 살 때 홀로 영국으로 보내지는 바람에 정신적으로 힘든 어린 시절을 보냈다. 영국에서 학교를 마치고 인도로 돌아가 기자로 활동하며 작품을 발표하기 시작했다. 백인이 미개한 원주민들에게 유럽 문명을 전파해야 한다고 주장해 많은 비난을 받기도 했지만, 1907년에 영미권 최초이자 역대 수상자 중 최연소로 노벨 문학상을 받았다.

작가의 도구 3: 잉크

수 세기 동안 잉크는 작가들의 중요한 동반자였습니다. 한 가지 중요한 문제는 바로 '색'이었죠. BBC가 최고의 영국 소설이라고 평한 바 있는 《미들마치》의 저자 조지 엘리엇은 1856년 〈여성 작가들의 어리석은 소설들Silly Novels by Lady Novelists〉이라는 글에서 통렬한 문장을 남겼어요. "그들은 우아한 안방에서 루비색 펜과 보라색 잉크로 글을 쓰는 것이 분명합니다."

녹색은 눈살이 찌푸려지지만(비록 영국 정보기관 MI6의 수장은 전통적으로 녹색으로 서명하긴 하지만요) 어떤 작가들은 한 가지 색을 고집하기 않고 여러 색을 번갈아 쓰기도 하죠. 영화감독 쿠엔틴 타란티노는 시나리오를 쓸 때 빨간색과 검은색 펠트펜을 사용하고, 이스라엘 소설가 아모스 오즈는 소설은 파란색, 산문은 검은색으로 쓴다고 합니다. 영국 작가 닐 게이먼은 보통 만년필로 초고를 쓰는데, 갈색을 포함해 적어도 두 가지 이상 색을 쓴다고 해요. 하루의 작업이 끝나면, 다른 색들로 적힌 글을 보며 일을 얼마나 했는지 빠르고 쉽게 파악할 수 있도록요.

미국 작가 윌리엄 포크너는 1929년 소설 《소리와 분노》를 출판할 때 복잡하게 넘나드는 시간과 시대를 독자들이 쉽게 따라갈 수 있도록 색을 서로 달리 해서 인쇄하길 바랐지만, 당시에는 그런 기술이 없었다고 합니다.

아이작 뉴턴은 훌륭한 잉크를 만드는 법에 대해 이런 글을 남겼습니다.

갤gall 2분의 1파운드를 잘게 자르거나 다지고, 아라비아고무 4분의 1파운드를 자른다. 이것들을 알코올 도수가 높은 맥주나 에일 1쿼트에 집어넣는다. 한 달 동안 그 상태로 두면서 한 번씩 저어 준다. 한 달 뒤, 녹반을 1 혹은 1과 2분의 1 넣는다(너무 많이 넣으면 잉크가 노란색이 된다). 모든 재료를 잘 섞은 다음, 구멍을 낸 종이에 거른 뒤 햇볕에 둔다. 도수 높은 맥주를 넣어 만든 잉크는 여러 해 동안 상하지 않아 잘 쓸 수 있을 것이다. 물에서는 곰팡이가 잘 생기지만 술에서는 아니다. 또한 공기에 노출돼도 곰팡이가 생기기 쉽다.

적절한 크기의
책상 찾기

스티븐 킹
Stephen King(1947~)

📍 메인주 뱅고어Bangor 자택 다락방(미국)

글쓰기 루틴은 절대 불변의 법칙이 아닙니다. 자신에게 맞지 않는 것 같다고 느끼면 얼마든지 바꿔도 되죠.《캐리》《애완동물 공동묘지》《샤이닝》《미저리》등으로 유명한 세계적인 베스트셀러 작가 스티븐 킹 역시 책상, 음악 듣는 습관, 글쓰기 도구를 완전히 바꾼 적이 있습니다.

　킹의 목표는 하루 서너 시간 동안 여섯 장을 채우거나 2000단어를 쓰는 것입니다. 매일 아침 8시에 차를 마시며 글을 쓰기 시작해 보통 오후 1시 30분쯤 마무리하죠. 유난히 잘 풀리는 날에는 물론 그 전에 끝내고요. 목표한 양을 다 쓰고 나면, 남은 하루는 가족들과 시간을 보내거나 책을 읽거나 다른 집안일을 해요.

킹은 작은 책상이 글을 쓰는 데 훨씬 도움이 된다는 것을 깨달았다.

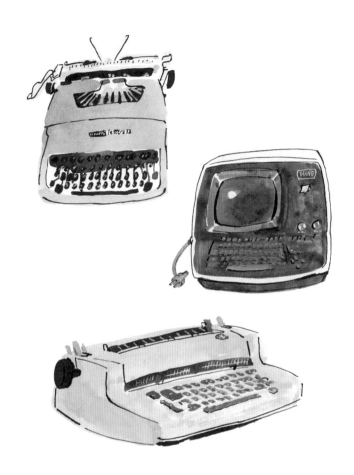

지금은 주로 노트북으로 글을 쓰지만, 예전에는 올리베티와 언더우드 타자기를 쓰기도 했어요. 손으로 글을 쓸 때도 있는데, 그러면 초고 단계에서 생각하고 글을 다듬을 시간이 생겨서 좋다고 해요. 그 대신 노트북이나 타자기로 쓸 때보다 시간이 훨씬 오래 걸리죠.

킹은 루틴이 매우 확고합니다. 같은 자리에만 앉고, 서류도 정해진 자리에 보관하죠. 이렇게 규칙이 확고하면, 현재 해야 하는 일에 집중하기가 훨씬 수월하대요. 그는 목표한 단어 수가 얼마든 상관없이, 작가는 매번 집필할 때마다 뚜렷한 목표를 세워야 한다고 믿습니다. 최대한 방해 요소가 없고, 사람들이 들어오지 못하게 문을 닫을 수 있으며, 일하는 중임을 알릴 수 있는 공간에서 방해받지 않고 작업하는 것이 중요하고요.

킹은 또 글을 잘 쓸 수 있는 의식 중 하나로 잠을 꼽습니다. 바로 "창의적인 수면"이라는 건데요. 취침 전 루틴이 숙면을 취하는 데 도움이 되는 것처럼, 어떤 정해진 요소를 반복함으로써 이 창의적인 수면을 취하기 위해 노력한다고 해요.

킹은 자신이 작가로 성공할 수 있도록 도운 일등 공신은 바로 책상이라고 말합니다. 야심만만했던 젊은 작가 시절, 루이자 메이 올컷이 침실에서 《작은 아씨들》을 집필할 때 쓰던 반달 모양 선반이 달린 작은 책상과 정반대인 거대한 책상을 갖고 싶어 했어요. 드디어 성공한 작가의 반열에 오른 뒤인 1981년에 커다란 책상을 장만했는데요. 막상 몇 년 동안 글을 써 보니, 커다란 책상은 전혀 도움이 되지 않았어요(약물 남용으로 혼란스러워하던 시기였기도 하고요).

알코올과 약물을 끊자마자, 킹은 방을 온통 차지하던 커다란 책상을 갖다 버리고, 집필실을 훨씬 아늑하고 편안한 분위기로 바꿨습니다. 그러곤 창문 앞이 아닌, 눈에 잘 띄지 않는 한구석에 조그마한 핸드메이드 책상을 들여 놨죠. 더 이상 책상이 방 전체를 압도하지 않게요. 러그와 소파, 텔레비전도 들여 놓고, 아이들을 초대해 함께 스포츠 경기나 영화를 보기도 했죠. 그가 글쓰기 기술에 관해 쓴 책에서 말했듯이 말이에요. "인생은 예술을 위해 존재하는 것이 아니다. 오히려 그 반대다."

또 한 가지 달라진 점은 음악에 대한 태도입니다. 젊은 시절에는 집필 속도를 유지하기 위해 음악을 틀어 놨지만, 지금은 그날 작업이 끝날 무렵, 오전에 쓴 글을 검토할 때만 이따금 음악을 든는다고 해요.

스티븐 킹은 어릴 때부터 호러, SF, 판타지를 좋아해, 재미 삼아 글을 써서 잡지사에 투고하곤 했다. 성인이 된 뒤에도 생계를 위해 건물 경비원 등으로 일하면서 꾸준히 글을 썼다. 첫 장편 《캐리》로 성공한 이래 500여 편 이상의 소설을 발표했으며, 원작이 가장 많이 영화화된 작가로 기네스북에 올랐다.

최고의 브랜딩 도구, 집필실

조지 버나드 쇼
George Bernard Shaw(1856~1950)

♥ 하트퍼드셔주 에이욧 세인트로런스Ayot St. Lawrence의
자택 오두막(영국)

작가의 집필실은 집안일과 아이들, 반려동물, 반갑지 않은 손님에게서 벗어날 수 있는 사적인 공간의 역할을 합니다. 조지 버나드 쇼도 펜 몇 자루와 잉크, 작은 테이블, 좁은 침대, 편한 라탄 의자만 있는 소박한 집필실에 숨어들어 창작 활동을 하는 은둔자 같은 면이 있었습니다. 그의 전기 작가인 마이클 홀로이드Michael Holroyd는 이 집필실을 일종의 "수도승의 방"이라고 묘사했죠. 그러나 진실은 이보다 조금 더 복잡합니다.

쇼의 집필실은 원래 쇼가 아내 샬럿을 위해 에이욧 세인트로런스의 이층집(흔히 "쇼스 코너Shaw's Corner"라고 불리죠) 정원에 지은 약 1.8평 크기의 목조 오두막이었습니다. 로버트 스콧의 남극 탐험

쇼스 코너 마당에는 많은 작가들이 꿈꾸는
작업 공간인 쇼의 낡은 집필실이 여전히 남아 있다.

대 일원이었던 이웃 앱슬리 체리 개러드의 오두막에서 영감을 받았 다죠.

이 오두막은 바퀴가 달린 받침대 위에 지어졌는데요. 금속 궤도 장치가 붙어 있어서, 빛을 더 들이고 싶거나 풍경을 바꾸고 싶을 때 (혹은 그저 약간의 운동이 필요할 때) 오두막 위치를 바꿀 수 있었어 요. 당시로서는 놀라운 첨단 기술이었죠. 집필실에는 전기난로, 집 과 연결된 전화기, 노벨 문학상 수상자에게 점심시간을 알려 주는 알람 시계도 있었습니다.

쇼는 이곳에서 고립된 상태를 즐겼어요. 덕분에 집에서 일하는 직원들이 그를 찾는 사람들의 전화에 "쇼 씨는 집에 안 계십니다" 라고 말하고도 양심의 가책을 느끼지 않을 수 있었죠. 어쨌든 그는 집 밖의 오두막에 있으니 아주 틀린 표현은 아니잖아요. 같은 이유 로 집필실 이름은 "런던"이라고 지었어요. "죄송합니다만, 쇼 씨는 지금 런던에 계십니다"라고 대답하는 직원들을 상상해 보세요!

쇼는 1900년 7월, 잡지《더월드The World》와의 인터뷰에서 "침 대와 글을 쓸 책상이 있다면 어디든 저의 집필실이나 다름없습니 다"라고 말했습니다. 그러나 작업 공간에 별로 신경쓰지 않는 듯 보 이는 이런 태도와 달리, 그는 오두막 집필실을 자신의 생각과 신념 을 알리기 위한 현실 속 무대로 활용했습니다.

쇼는 저널리스트이자 극작가로 많은 글을 쓰면서, 대중 매체에 실린 사진의 힘을 너무나 잘 알았죠. 자신에 대한 기사를 오려서 따 로 보관하기도 했고요. 그는 세속적인 면에서 확실히 수도승과는

거리가 멀었습니다. 미국 언론계 부호인 윌리엄 랜돌프 허스트의 친구이기도 한 그는 유명인의 사생활을 향한 대중의 관심이 커지는 시대에 매체에 자주 언급되는 유명 인사라는 평판을 얻고, 그에 걸맞게 특별한 인상을 남기기 위해 언제나 자신의 삶 일부를 연출하고 관리했어요.

또 당시에는 정원에 창고나 마구간 등(쇼는 집필실로 썼지만요)

건물을 지어 부수적인 효과를 얻고, 목가적인 경험의 즐거움을 누리는 '전원생활'이라는 개념이 한창 인기를 얻고 있었는데요. 쇼는 이런 시대적 분위기를 최대한 활용했죠. 언론과 대중에게 시달리다 시골로 피신해 고군분투하는 은둔한 사상가라는 면모를 강조하는 동시에, 신문사와 잡지사 기자들을 초대해 카메라 앞에서 포즈를 취하기도 한 거예요.

1929년 8월, 《현대 역학과 발명 Modern Mechanics and Inventions》이란 잡지에 햇빛이 좋은 치료제가 된다는 인터뷰와 함께 쇼가 집필실 앞에서 찍은 사진이 실렸습니다. 이 사진을 찍으며 취한 극적인 포즈는 신체를 조화롭게 발달시키는 유리드믹스 eurhythmics* 에 대한 그의 관심을 잘 보여 줬어요. 또 그가 자외선 투과 유리로 창문을 단 것 역시 신문에 소개됐죠. 회전식 오두막이 결핵 환자의 치료에 쓰인다는 이유로, 회전하는 집필실을 소유한 그가 의학 사상의 선구자가 되기도 했고요. 하지만 야외 활동과 전원생활을 장려하는 그의 활동들이 늘 집필실을 무대로 했던 것은 아닙니다. 쇼는 나체주의 지지자였지만, 항상 옷을 잘 갖춰 입은 채 이 집필실을 홍보했거든요.

물론 유명 인사 친구들을 자랑하기 위해 집필실을 활용하기도 했습니다. 1944년 봄에는 사진작가 윌프리드 뉴턴 Wilfrid Newton이 쇼의 집필실에 있는 배우 비비안 리의 사진을 찍어서 화제가 됐어

---

* 리듬 교육이나 치료를 위해 음악과 같이 하는 운동.

요. 당시에 비비안 리는 쇼가 쓴 〈시저와 클레오파트라〉를 각색한 영화를 찍기 위해 남편 로런스 올리버와 함께 런던에 머물고 있었는데, 대담한 영화감독인 가브리엘 파스칼(나체주의자로, 알몸으로 바다 수영을 하던 쇼를 만나 같이 옷을 벗고 헤엄을 친 적이 있대요)과 더불어 런던에서 가까운 쇼의 집을 방문했던 거죠. 1949년에 코미디언이자 배우 데니 케이Danny Kaye가 쇼를 방문했을 때의 영상도 남아 있어요.

조지 버나드 쇼는 더블린에서 태어났으며, 어머니의 영향으로 예술에 관심이 많았다. 스물한 살에 런던으로 이주해, 소설을 발표하고 싶었지만 받아 주는 출판사를 찾지 못했다. 이후 희곡으로 방향을 전환해 성공을 거뒀고, 노벨 문학상과 아카데미 각본상을 수상했다. 아흔네 살에 세상을 떠나기까지 극작가로 활동하는 한편 음악, 미술, 연극, 문학 분야의 평론 활동을 이어 갔다.

자신만의
글쓰기 언어

아스트리드 린드그렌
Astrid Lindgren(1907~2002)

📍 스톡홀름 자택 서재(스웨덴)

아스트리드 린드그렌은 전 세계에서 가장 많은 언어로 작품이 번역된 작가 중 한 명이자, 그를 기리는 문학상이 만들어질 정도로 훌륭한 업적을 쌓은 아동 문학가입니다. 린드그렌이라는 이름은 모르더라도, 작가의 데뷔작이자 대표작인 '삐삐' 시리즈를 모르는 사람은 아마 없을 거예요.

린드그렌은 1941년부터 2002년 아흔네 살에 세상을 떠날 때까지, 아름다운 바사공원Vasaparken이 내려다보이는 스톡홀름의 아파트에서 살았습니다. 1952년에 남편이 죽고, 아들과 딸이 각각 결혼해 집을 떠난 뒤에도 거의 40년 동안 이 아파트에서 혼자 살며 작품 활동을 이어 나갔죠. 이제 그의 아파트는 누구나 둘러볼 수 있도록

린드그렌의 고향 빔메르뷔에는 그가 타자기 앞에 앉아 있는 동상이 있다.
테이블 맞은편에는 동상과 마주 앉을 수 있도록 빈 의자 동상도 놓여 있다.

대중에게 개방됐어요.

린드그렌을 사랑하는 독자라면 무엇보다 서재가 궁금할 텐데요. 그의 서재에 들어서면, 책장 가득 꽂힌 책들과 벽을 메운 그림들이 손님을 반겨 줍니다. 소박한 책상 앞에서는 창문 너머로 그의 작품에도 여러 번 등장했던 바사공원의 풍경을 감상할 수 있고요. 린드그렌이 살던 당시와 바뀐 것이 거의 없기 때문에 엄숙한 박물관이라는 느낌은 전혀 들지 않는답니다. 아무도 없을 때 그가 살그머니 돌아와 글을 쓸 것만 같아요.

린드그렌의 글쓰기 루틴은 꽤 단순했습니다. 아침에 일어나 자신의 작은 침대 속에서 글을 쓰길 좋아했어요. 일단 공책에 연필로 한 챕터를 쓴 다음, 서재 책상에 앉아 패싯 프리바트Facit Privat 타자기로 글을 옮겼습니다. 머릿속에서 이야기를 완성시킨 다음에 글을 썼기 때문에 그 속도가 상당히 빨랐어요. 언젠가는 그저 생각을 꺼내 타이핑만 하면 되는 기분이라고 말한 적도 있답니다.

린드그렌이 빠르게 글을 쓸 수 있었던 데는 속기술도 한몫했는데요. '삐삐' 시리즈로 명성을 얻기 전까지 비서로 일했기 때문에 속기에 능숙했거든요. 그래서 머릿속에 떠오른 이야기를 속기로 빠르게 적어 내려갔던 거예요.

이렇게 오전에 글을 쓰고 나서 가볍게 점심 식사를 하고, 오후에는 라벤앤드셰그랜Rabén & Sjögren 출판사의 아동서 편집자로 변신해 수많은 작가, 일러스트레이터와 함께 어린이를 위한 책을 만들었습니다. 라벤앤드셰그랜은 린드그렌이 데뷔할 때부터 작품을 도

맡아 출판한 곳이기도 해요.

많은 작품을 쓴 만큼 린드그렌이 남긴 원고, 초고, 편지 등 문학 자료도 방대합니다. 이들 기록물이 보관된 스웨덴왕립도서관의 선반 길이는 무려 140미터에 달합니다. 개인 기록물로는 스웨덴 최대 규모예요. 2005년에는 유네스코 세계기록문화유산으로도 지정됐어요.

그가 남긴 기록물 중에서도 특히 670여 권에 달하는 속기 공책은 세계에서 가장 방대한 속기 문서 모음집이기도 합니다. 스웨덴 왕립도서관과 스웨덴아동도서연구소는 독일어 속기술인 가벨스베르거Gabelsberger를 스웨덴어에 맞게 변형한 멜린Melin 방식으로 작성된 린드그렌의 속기를 일일이 해독하기란 어렵다고 판단했었는데요. 최근 들어 디지털 텍스트 인식 기술이 발달하면서 판독 작업이 이루어지고 있다고 해요. 이 작업이 끝나면 린드그렌의 창작 과정을 좀 더 자세히 연구할 수 있을 거예요.

스웨덴 아동 문학가 **아스트리드 린드그렌**은 저널리스트, 타이피스트, 비서 등으로 일하다가 아픈 딸에게 들려준 '삐삐 롱스타킹' 이야기를 바탕으로 《내 이름은 삐삐 롱스타킹》을 쓰며 작가의 길로 들어섰다. '어린이 책의 노벨상'으로 불리는 한스 크리스티안 안데르센 상, 스웨덴 한림원 금상, 유네스코 국제 문학상 등을 수상했다.

높은 곳에서
내려다보는 기쁨

새뮤얼 존슨
Samuel Johnson(1709~1784)

📍 런던의 다락방(영국)

작가의 방 하면 전형적으로 떠오르는 것은 열정적이고 지독히 가난한 청년이 좁은 다락방에서 정신없이 펜을 휘갈겨 글을 쓰는 모습일 것입니다. 이런 다락방에서 글을 써서 가장 유명해진 작가는 아마도 새뮤얼 존슨 박사가 아닐까 합니다. 그는 1740년대 후반, 런던 고프가Gough Street 17번지에 있는 타운하우스 꼭대기 층 셋방에서 1755년에 출판돼 이름을 떨친 사전을 집필했으니까요.

다른 다락방들과 마찬가지로, 이 꼭대기 층은 가벽 하나 없이 방 한 칸이 전부였습니다. 회반죽만 바른 벽에 장식용 몰딩도 없고, 가구도 꼭 필요한 것만 있었죠. 계단을 뱅뱅 돌아 끝까지 올라가면 나오는 천장 낮은 공간이 다였던 거예요.

존슨에게 다락방에서 글을 쓰면 문학적으로 성공한다는 환상은 없었다.

그의 다락방은 1913년 존슨박물관으로 재단장됐습니다. 지금 이곳에서는 전시, 강연, 워크숍 등이 이루어지는데, 구조는 크게 바뀌지 않았어요. 바로 이 공간에서 존슨은 조수 여섯 명과 함께《영어사전Dictionary of the English Language》을 편찬했습니다.

존슨과 절친했던 제임스 보즈웰은 존슨의 전기에서 "그는 조수들에게 몇 가지 업무를 주기 위해 다락방을 사무실처럼 꾸며 놨다"고 설명했어요. 조수들은 벽에 붙여 놓은 책장들을 책상 삼아 일했습니다. 존슨은 당시 앓고 있던 여러 질병 때문에 밤에 잠을 설쳐서, 오전 늦게 일어나 일을 시작하곤 했어요.

존슨은 자신이 발행하는《램블러The Rambler》라는 잡지에서 다락방에 관한 글을 몇 편 썼는데요. 1751년에 가벼운 마음으로 쓴〈다락방 생활의 장점〉이라는 글에서는 다락방이 글을 쓰는 공간으로 인기 있는 이유는 세가 싸다거나, "쉴 새 없이 맥주나 리넨, 코트 이야기를 하는" 방문자들로부터 멀리 떨어질 수 있다거나, 전망이 영감을 주기 때문이 아니라고 했어요. 뮤즈들도 올림포스산 정상에서 살았지 않느냐며, "태곳적부터 문학의 스승들은 대개 가장 높은 층에 살았다"고 자신의 생각을 밝혔죠. 뭔가를 관찰하기에 좋은 이 높은 곳에서 그는 "현명한 자가 밑에서 일어나는 혼란스럽고 변덕스러운 세상 일을 내려다보는 즐거움"에 대해 쓰기도 했습니다.

그러나 존슨은 이 사실이 기적을 일으킬 수는 없다는 것을 알았어요. "다락방이 모든 사람에게 지혜를 주지는 않는다"고 인정한 거예요. "나는 억측하지 않는다. 안데스산맥 정상에 오르더라도, 테

네리프산맥 꼭대기에 서더라도 여전히 어리석은 사람이 있음을 안다"고요.

　존슨은 사전 편찬을 마무리한 뒤에도 이 다락방을 계속 유지했습니다. 다만 함께 일하는 공간이 아닌 개인 서재로 활용했죠. 그의 사랑하는 아내가 유일하게 한 번도 들어간 적 없는 공간이었어요.

　그의 서재를 찾아오는 단 한 사람은 바로 소설가 프랜시스 버니의 아버지이자 유명한 음악학자 찰스 버니 박사였습니다.

저녁 식사를 마치자, 존슨은 버니 박사를 다락방으로 초대했다. 올라가 보니 커다란 그리스어 책 대여섯 권과 송판으로 만든 책상, 온전한 의자와 반쪽짜리 의자가 있었다. 존슨은 손님에게 온전한 의자를 양보하고, 자신은 다리가 셋, 팔걸이는 하나뿐인 의자에 앉았다.

전기 작가 보즈웰도 존슨의 다락방을 마음에 들어 한 것 같습니다.

은퇴 생활을 하거나 명상하기에 아주 좋은 곳 같다. 존슨이 말해 주길, 방해받지 않고 조용히 혼자 공부하고 싶을 때는 하인에게 아무 말 하지 않고 그곳으로 올라간다고 한다.

그러나 작가이자 철학자 토머스 칼라일은 1832년에 다락방을 돌아보고는 "마구간 위층에 있는 건초 다락" 같다고 묘사했습니다.

새뮤얼 존슨은 시인, 극작가, 비평가, 사전 편찬자이다. 서적상의 아들로 태어나, 옥스퍼드대학에 입학했지만 가난한 탓에 학업을 마치지는 못했다. 근대적인 영어 사전을 펴내 영문학 발전에 기여했다. 만년에는 17~18세기에 활동한 영국 시인 52명의 전기와 작품론을 정리해 열 권짜리 《영국 시인전》을 펴냈다.

건강한 육체에
건강한 정신이 깃든다

P. G. 우드하우스
P. G. Wodehouse(1881~1975)

📍 런던과 뉴욕 롱아일랜드의 서재(영국, 미국)

P. G. 우드하우스는 우아하면서도 재치 넘치는 풍자 유머로 대중에게 많은 사랑을 받은 작가입니다. 평생 연필을 놓지 않고 장편, 단편, 뮤지컬, 연극 등 여러 장르의 작품을 수백 편 남겼죠.

한창때는 하루에 2000단어도 썼지만, 나중에는 1000단어 정도를 목표로 삼았습니다. 그의 작업량은 엄청났는데, 친구들에게 보낸 편지를 보면 이틀 만에 8000단어나 되는 이야기를 쓰거나 한 달 만에 5만 5000단어 길이의 소설을 완성하기도 했다고 해요. 이름을 널리 알리기 전, 형편이 어려워져 공부를 중단하고 은행에 다닐 때도 새벽까지 글을 쓰고, 일주일에 하루만 쉬었다니 정말 대단하죠.

우드하우스는 글을 쓸 때도 좋아하는 드라마를 보려고 시간을 냈다.

우드하우스는 1927년부터 1934년까지 런던 메이페어Mayfair 던레이븐가Dunraven Street 17번지에서 살았습니다(현재는 잉글리시혜리티지 재단이 역사적 건물이라는 징표로 발급하는 푸른색 명판인 '블루 플라크Blue Plaque'가 걸려 있어요). 지금은 침실이 된 2층 서재에서 그는 《고마워, 지브스Thank You, Jeeves》와 《잘했어, 지브스Very Good, Jeeves》를 비롯한 가장 유명한 초기 작품들을 집필했어요.

인생의 마지막 30년은 미국 롱아일랜드 렘젠버그Remsenberg의 자택에서 글을 쓰며 보냈답니다. 이곳은 약 5헥타르의 부지로 둘러싸여 조용하고, 집필실에는 커다란 창문이 있어서 풍경을 내려다볼 수 있었어요. 책상 위에는 첫 직장이었던 런던의 홍콩상하이은행을 그린 빅토리아시대 유화 한 점이 걸려 있었죠. 우드하우스는 이곳에서 미국인 편집자 피터 슈웨드가 보낸 담배를 바스러뜨려 직접 파이프 담배를 만들어 피우곤 했어요.

우드하우스가 아주 행복한 학창 시절을 보낸 런던 덜위치칼리지의 도서관에 가면, 그가 쓰던 그대로 재현한 집필실을 볼 수 있습니다. 미망인 에설이 그가 쓰던 책상과 로열 타자기, 파이프 걸이, 담배통을 기증했거든요.

무엇보다 습관을 중요시했던 우드하우스는 아침 7시 30분에 일어나 개들과 산책한 다음 "매일 하는 열두 가지daily dozen"라고 부르던 운동을 했습니다. 미국 풋볼 선수이자 작가인 월터 캠프가 "돌리기, 꽉 쥐기, 감기"라는 이름을 붙여 개발한 가벼운 체조였죠. 운동 후에는 마멀레이드나 꿀을 곁들인 토스트와 커피케이크, 차로 아침 식사를 하며 탐정 소설을 읽다가, 오전 9시가 되면 글을 쓰러 서재로 출근했어요.

우드하우스는 본격적으로 새로운 책을 쓰기 전 계획 단계에서 안락의자에 앉아 400장 가까이 메모를 했습니다. 준비만 1년 넘게 한 적도 있는데, 보통 두 권을 동시에 작업했기 때문이죠.

그는 먼저 연필로 원고를 쓴 다음 파란색이나 빨간색 색연필로 퇴고 작업을 거쳤습니다(그의 손자인 에드워드 카자레 경은 할아버지가 거의 완성한 소설의 원고에 둘러싸여 세상을 떠날 때 쥐고 있던 연필을 아직까지 간직하고 있다고 해요). 마지막으로, 완성된 원고를 타자기로 타이핑합니다. 그는 자신의 작업 방식을 이렇게 설명했어요.

"타자기 앞에 앉아 욕설 좀 쓰는 거죠."

대표작들을 읽어 보면 작가가 편하게 써 내려간 것처럼 보이지만, 사실 우드하우스는 엄청나게 많은 시간과 공을 쏟아부었어요. 모든 것이 정확히 맞아떨어지도록 플롯의 아주 사소한 부분까지 신경 썼죠. 초고를 쓰는 동안에는 집필실에 그때까지 쓴 원고를 줄지어 꽂아 놨는데요. 만족스러운 글일수록 높은 줄을 차지했죠. 아래쪽에 있는 원고는 수정이 더 필요하다는 의미고요. 모든 원고가 액자 걸이용 레일에 닿을 정도가 되면, 이제 작업이 거의 마무리됐다는 신호입니다. 여기까지 만족스럽게 진행되면, 그는 3만 단어 정도로 이야기를 자세히 쓴 다음 다시 처음부터 등장인물의 대화를 손보고 살을 붙이며 작품을 완성하죠.

오전 작업을 끝내고 나서, 우드하우스는 산책을 나갔다가 점심을 먹고 그가 가장 좋아하는 미국 연속극인 〈밤의 끝The Edge of Night〉을 봤습니다. 그러고는 다시 서재로 돌아가 오후 4시부터 7시까지 작업을 이어 갔죠. 밤이 되면 독한 마티니 한 잔과 저녁 식사로 하루 일과를 마무리했어요.

할리우드 시나리오 작가로 활동하던 짧은 기간에도 매일 수영하며 루틴을 유지했습니다. "실제 작업량은 미미해요"라면서요.

P. G. 우드하우스는 태어나자마자 아버지의 근무지인 홍콩으로 갔다가 2년 뒤 영국으로 돌아왔다. 부모와 떨어져 자라면서 심리적으로 상처를 입고, 상상의 세계에서 자신을 위로했다. 형편이 어려워져 대학 진학 대신 은행에 다니면서도 퇴근 후 글 쓰는 것을 즐거움으로 삼았다. 93세로 세상을 떠나기까지 90권이 넘는 책과 40편에 달하는 희곡, 200편 이상의 단편을 발표했다.

매일 하루 종일 방에 앉아 글만 쓰는 것은 건강에 좋지 않습니다. 소설가 무라카미 하루키는 소설 집필을 생존 훈련에 비유하며 재능만큼 체력이 중요하다고 말해요. 조이스 캐롤 오츠도 무라카미만큼 달리기를 매우 좋아하는 작가죠. 《뉴욕타임스》에 기고한 〈문학적 정신을 고양하고 싶다면 문학적 발을 움직이자To Invigorate Literary Mind, Start Moving Literary Feet〉라는 에세이에서 달리기에 대한 사랑을 "글쓰기의 기능"이라고 묘사했죠.

댄 브라운도 글을 쓰는 도중 한 시간마다 스트레칭과 윗몸 일으키기, 팔 굽혀 펴기를 하면서 짧은 휴식을 취하면 아이디어가 더 잘 떠오른다고 해요. 잭 케루악은 매일 아침 물구나무서기를 한 다음 발가락이 바닥에 닿을 때까지 다리를 굽히는 동작을 아홉 번씩 한다고 말했어요.

물론 신체 운동이 글을 쓰는 데 도움을 준다는 것은 익히 알려진 사실이에요. 윌리엄 워즈워스와 새뮤얼 테일러 콜리지 같은 낭만주의 시인들은 산책하며 영감을 얻었죠. 19세기 고전 《월든》의 작가인 헨리 데이비드 소로도 마찬가지였지만, 그는 산책을 운동으로 여기기보다는 "하루의 진취적인 모험"이라고 부르길 좋아했어요. 필립 로스는 한 페이지를 쓸 때마다 약 800미터씩 걸었다고 해요. 《종이

도시》《잘못은 우리 별에 있어》를 쓴 존 그린을 비롯해 21세기 작가들은 트레드밀 책상에서 글을 쓰기도 합니다.

올리버 색스(수영), 데이비드 포스트 월러스(테니스), 어니스트 헤밍웨이(복싱)처럼 특정 운동을 즐기는 작가들도 있습니다.《듄》의 여러 속편을 집필한 SF 작가 케빈 J. 앤더슨은 소형 레코더를 들고 다니며 하이킹을 하면서도 글을 쓴다고 해요.

☞ 거트루드 스타인

스타인과 토클라스가 살롱을 열었던 파리 집은 플뢰리스가Rue de Fleurus 27번지에 있다. 이곳은 사유지이지만, 스타인이 지냈던 시간을 기념하는 명판이 세워져 있다.

☞ 딜런 토머스

토머스가 살던 보트하우스(www.dylan thomasboathouse.com)에는 그에게 바치는 박물관이 있다. 오두막은 안을 엿볼 수는 있지만 대중에게 개방돼 있지는 않다. 오두막에 원래 달려 있던 문은 1970년대에 쓰레기장에서 찾아왔고, 지금은 토머스의 다른 기념품과 함께 스완지에 있는 딜런토머스센터에 전시돼 있다(www. dylanthomas.com).

☞ 러디어드 키플링

나우라카는 랜드마크트러스트USA에서 임대할 수 있으며(https://landmark trustusa.org/rudyard-kiplings-naulakha, 8인용), 키플링이 원래 사용하던 가구가 그대로 있기 때문에 그의 책상에 앉아 볼 수도 있다. 베이트먼스 자택은 내셔널트러스트가 운영하며, 서재가 방문객들에게 개방돼 있다(www.nationaltrust.org.uk/batemans).

☞ 레이 브래드버리

브래드버리의 집은 철거됐지만 인디애나-퍼듀대학 인디애나폴리스에 있는 레이브래드버리연구센터(https://bradbury.iupui.edu)는 그의 많은 작품을 보관하고 있다. 또한 그가 실제로 쓰던 책상, 타자기, 그림물감 통, 책꽂이, 의자로 그의 지하 집필실을 똑같이 재현해 놨다.

☞ 로알드 달

그레이트미센든에 있는 로알드달박물관(https://roalddahlmuseum.digitickets.co.uk)은 2012년에 달의 오두막 집필실 내부를 그대로 옮겨 왔다.

☞ 마거릿 미첼

마거릿미첼박물관은 애틀랜타 중심지에 있다(www.atlantahistorycenter.com/buildings-and-grounds/atlanta-history-center-midtown). 미첼이 글을 썼던 방을 방문할 수 있을 뿐 아니라 책에서 다룬 문

제들을 살펴보는 전시도 준비돼 있다. 애틀랜타 풀턴카운티 센트럴도서관은 그가 퓰리처상을 받은《바람과 함께 사라지다》를 쓸 때 사용한 타자기와 사진들, 도서관 대출 카드, 개인 책들을 비롯한 마거릿 미첼 소장품을 전시하고 있다.

◌ 마르셀 프루스트

프루스트가 원래 살던 오스만대로 102번지 아파트는 은행이 됐다. 아믈랭가 Rue Hamelin의 다음(마지막) 집에 있던 침실은 재현돼 카르나발레박물관(www.carnavalet.paris.fr)에 노아유 부인의 침실과 함께 전시돼 있다.

◌ 마크 트웨인

오두막 집필실은 1952년에 마크트웨인연구센터가 있는 엘마이라칼리지 캠퍼스로 옮겨졌으며, 여름 동안(5월 마지막 월요일부터 9월 첫 번째 월요일까지) 무료로 방문할 수 있다(www.marktwainstudies.com). 하트퍼드 집은 대중에 개방돼 있으며, 예약하면 책꽂이가 늘어선 서재에서 세 시간 동안 글을 쓸 수 있다(https://marktwainhouse.org).

◌ 미셸 드 몽테뉴

몽테뉴의 탑은 19세기 후반에 발생한 대형 화재에도 살아남았다. 서재와 선반은 사라졌지만, 들보에 새긴 명언은 볼 수 있다. 대중에게 개방돼 있다(www.chateau-montaigne.com/en)

◌ 버지니아 울프

이스트서식스주 루이스Lewes에 있는 몽크하우스는 4월부터 11월까지 예약 후 방문할 수 있다(www.nationaltrust.org.uk/monks-house).

◌ 비어트릭스 포터

힐탑은 내셔널트러스트가 소유하고 운영하고 있다(www.nationaltrust.org.uk/hill-top). 캐슬코티지는 임대할 수 있다.

◌ 브론테 자매

브론테사제관박물관(www.bronte.org.uk)은 웨스트요크셔주 하워스에 있다.

◌ 비타 색빌웨스트

시싱허스트성은 내셔널트러스트가 소유하고 있다(www.nationaltrust.org.uk/sissinghurst-castle-garden). 가제보는 대중에게 개방돼 있지만, 색빌웨스트의 집필실은 경계선 밖에서만 살펴볼 수 있다. 탑의 다른 방에는 버지니아 울프와 그의 남편 레너드가 호가스프레스Hogarth Press 출판사에서 사용했던 주철로 만든 크로퍼 미네르바Cropper Minerva 평압식 인쇄기가 있다. 이 인쇄기로 색빌웨스트의 책 몇 권과 T. S. 엘리엇의《황무지》영국판을 인쇄했다. 이는 울프가 보낸 선물로, 색빌웨스트는 시 〈시싱허스트〉를 비롯한 자신의 작품을 인쇄하기도 했다.

☞ 빅토르 위고

오트빌하우스와 전망대는 대규모 복원 작업 후 2019년 다시 대중에게 개방됐다(www.maisonsvictorhugo.paris.fr/en/museum-collections/house-visit-guernsey).

☞ 새뮤얼 존슨

존슨 박사의 집(www.drjohnsonshouse.org)은 대중에게 열려 있으며, 작가와 연관되지 않은 물건은 전시되지 않도록 세심하게 관리되고 있다. 영구 소장품으로는 원고, 지팡이, 편지함 등이 있다.

☞ 스티븐 킹

메인주 뱅고어에 있는 킹의 집은 개인 소유로, 작가들이 거주할 수 있는 집필실과 그의 기록을 보관하는 곳으로 만들 계획이 있다.

☞ 시도니 가브리엘 콜레트

콜레트가 태어나 어린 시절을 보낸 집들은 프랑스 부르고뉴의 생소뵈르앙퓌제Saint-Sauveur-en-Puisaye에 있다(www.maisondecolette.fr, https://musee-colette.com). 그의 파리 아파트는 대중에게 개방되지 않으며, 두Doubs 데파르트망의 브

장송(이 마을에서 태어난 빅토르 위고의 박물관이 있는 곳)에 있는 시골 별장(주소는 41 chemin des Montboucons)은 소유주가 이따금 개방하고 있다.

☞ 실비아 플라스

코트그린을 포함한 플라스의 미국과 영국 집은 모두 개인이 소유하고 있다. 1960년 1월부터 1961년 8월까지 테드 휴스와 함께 살며 글을 썼던 런던 샬콧 광장Chalcot Square 3번지는 그의 삶을 기념하기 위해 블루 플라크로 지정됐다. 그는 한때 W. H. 예이츠가 살았던 피츠로이로드 23번지에도 살았는데, 이 집 역시 블루 플라크로 지정돼 있다.

☞ 아서 코넌 도일

사우스노우드 테니슨로드Tennison Road 12번지에 있는 도일의 집은 사유지이지만 그가 지낸 기간을 인정하는 의미로 블루 플라크가 붙어 있다. 스토니허스트대학 박물관(www.stonyhurst.ac.uk/open-to-the-public/historic-collections-archives-and-museum/visit)은 방학 중 특정한 요일에만 대중에게 개방된다.

☞ 아스트리드 린드그렌

린드그렌의 집은 스톡홀름 달라가탄Dalagatan 46번지에 있으며, 스웨덴어와 가끔 영어로 된 가이드 투어를 통해 개방된다. 사전 예약을 통해서만 티켓을 구매

할 수 있으며, 이상하게도 15세 이하 어린이들은 출입할 수 없다. 자세한 사항은 www.astridlindgren.com/en을 참고하면 된다.

─────────────

❧ 안톤 체호프
멜리호보에 있는 체호프의 집(en. chekhovmuseum.com)과 지금은 작가의 박물관이 된 하얀 별장(http://yalta-museum.ru/ru/dom-muzej-ap-chehova-v-jalte.html, 러시아어), 모스크바에 있는 그의 하우스박물관(www.goslitmuz.ru/museums/dommuzey-a-p-chekhova-in, 러시아어)을 방문할 수 있다.

─────────────

❧ 애거사 크리스티
크리스티의 집 대부분이 개인 소유이지만, 그린웨이는 내셔널트러스트를 통해 대중에게 개방됐다(www.nationaltrust.org.uk/greenway). 튀르키예에 있는 페라팔리스호텔(https://perapalace.com/en/suits-and-rooms) 411호도 예약 후 방문할 수 있다.

─────────────

❧ 어니스트 헤밍웨이
핑카비히아(http://en.hemingwayhavana.com)는 1960년 헤밍웨이가 떠난 이후로 거의 바뀐 것 없이 대중에 개방돼 있다(그가 다시 돌아오지 못할 것이라는 사실을 알지 못했다). 지금은 어니스트 헤밍웨이 가옥박물관이 된 플로리다 키웨스트에 있던

이전 집의 집필실(www.hemingwayhome.com)도 자세히 들여다볼 수 있지만, 안타깝게도 아크릴 장벽이 세워져 있어서 제한선 안으로 들어갈 수는 없다.

─────────────

❧ 에밀리 디킨슨
에밀리디킨슨박물관은 매사추세츠주 애머스트 메인가 280번지에 있다(www.emilydickinsonmuseum.org).

─────────────

❧ 오노레 드 발자크
메종드발자크(www.maisondebalzac.paris.fr)에서 발자크의 원고를 볼 수 있다.
사셰성에도 발자크박물관이 있다(www.lysdanslavallee.fr/en/contenu/balzac-museum).

─────────────

❧ 윌리엄 워즈워스
도브코티지(https://wordsworth.org.uk)와 라이달마운트의 집은 박물관으로 대중에 개방돼 있다(www.rydalmount.co.uk).

─────────────

❧ 이디스 워튼
여학교 기숙사와 극장을 비롯한 다양한 공간이 개방된 후에 더마운트(www.edithwharton.org)와 정원들도 대중에 개방됐으며, 최근에는 침실을 포함한 일련의 복원 작업이 이루어졌다.

↬ 이언 플레밍

골든아이는 현재 대부분 보수 작업이 끝나 임대가 가능하다. 방문객들은 플레밍이 쓰던 자리에 그대로 전시돼 있는 책상과 의자에 앉아 볼 수 있다(www.theflemingvilla.com).

↬ 잭 런던

잭런던주립역사공원(https://jacklondonpark.com)에 있는 울프하우스의 흔적은 물론 런던의 오두막과 집필실도 둘러볼 수 있다. 그의 묘지, 자료관, 박물관도 있다.

↬ 제인 오스틴

오스틴이 초기 작품을 집필한 스티븐턴 사제관은 1824년에 철거됐지만, 오빠 제임스가 1813년에 심은 라임나무로 사제관이 있던 자리를 알 수 있다. 영국의 문화재로 등록된 초턴 집은 제인오스틴하우스박물관(https://janeaustens.house)이 됐다. 그가 글을 쓰던 테이블도 남아 있다. 오스틴이 썼던 문구함은 런던의 영국도서관(www.bl.uk)에 있는 존 릿블랫 경 갤러리에 전시돼 있다.

↬ 제임스 볼드윈

볼드윈이 살던 집은 남아 있지 않다. 생폴드방스에 그를 기념하는 곳도 없다. 다만 그가 즐겨 찾던 라콜롱브도르La Colombe d'Or 호텔과 카페 드라플라스Café de la Place는 여전히 남아 있다. 더 자세한 내용은 www.saint-pauldevence.com에서 확인할 수 있다.

↬ 조지 버나드 쇼

쇼스 코너는 내셔널트러스트가 소유하고 있다(www.nationaltrust.org.uk/shaws-corner).

↬ 조지 오웰

반힐은 여전히 매우 외따로 있으며, 임대가 가능하다.

↬ 존 스타인벡

새그하버와 뉴욕의 집은 사유지다. 스타인벡은 캘리포니아 퍼시픽그로브에 있는 작은 오두막 같은 건물에서 《코르테스 바다 일지The Log from the Sea of Cortez》를 썼는데, 이곳은 에어비앤비를 통해 임대할 수 있다(www.airbnb.co.uk/rooms/1325979).

↬ 찰스 디킨스

타비스톡하우스는 1901년에 철거되고, 그 자리에 블루 플라크가 달려 있다. 개즈힐 플레이스는 현재 개즈힐학교가 됐으며, 한 달에 한 번 투어를 예약할 수 있다(www.visitgravesend.co.uk). 찰스디킨스박물관 (https://dickensmuseum.com)은 다우티가 48번지에 있으며, 화요일부터 금요일까지 정기 투어와 전시가 이루어진다. 그가 집필실로 사용하던 샬레는 로체스터 중심가의 이스트게이트하우스 Eastgate House로 옮겨졌지만, 보수 상태가 좋지 않아 보존 작업을 위한 기금 모금 활동이 이루어지고 있다.

☞ 커트 보니것

커트 보니것 박물관과 도서관(www.vonnegutlibrary.org)뿐 아니라, 인디애나 대학의 릴리도서관에도 말아서 보관한 두루마리 원고를 비롯해 보니것의 편지, 서류 등이 소장돼 있다(https://libraries.indiana.edu/lilly-library).

☞ 토머스 하디

내셔널트러스트는 하디의 오두막집과 그가 도체스터 근처에 직접 지은 더 큰 저택인 맥스게이트 Max Gate를 소유하고 있다(www.nationaltrust.org.uk/hardys-cottage, www.nationaltrust.org.uk/max-gate). 그가 계속 작품 활동을 이어 가던 서재는 도싯카운티박물관에 재현돼 있다(www.dorsetcountymuseum.org).

☞ D. H. 로런스

로런스 목장은 방문 시간 동안만 대중에게 개방된다. 오키프가 그린 로런스 나무도 여전히 그 자리에 있다(http://dhlawrenceranch.unm.edu). 주요 예약 사이트를 통해 로런스 하우스로 알려진 빌라미렌다를 빌릴 수 있다.

☞ J. K. 롤링

스푼과 엘리펀트하우스(https://elephanthouse.biz)는 모두 에든버러에 있다.

☞ P. G. 우드하우스

롱아일랜드에 있는 우드하우스의 집은 개인 소유의 주택이다. 덜위치칼리지(www.dulwich.org.uk)에 재현된 집필실을 둘러보려면 예약이 필요하다.

☞ W. H. 오든

오든하우스박물관(www.kirchstetten.at/unser_kirchstetten/audenhaus)은 예약제로 평일에만 방문이 가능하다.